Hacia cero

Biblioteca Agatha Christie

Agatha Christie
Hacia cero

Traducción de Stella de Cal

Planeta

Avda. Diagonal, 662-664, 08034 Barcelona (España)
www.planetadelibros.com

Publicado de acuerdo con Grupo Planeta Argentina S.A.I.C.

Diseño de la cubierta: Booket / Área Editorial Grupo Planeta
Ilustración de la cubierta: © David Sierra
Primera edición en Colección Booket: julio de 2024
Segunda impresión: diciembre de 2024

Depósito legal: B. 11.526-2024
ISBN: 978-84-08-29027-8
Composición: Realización Planeta
Impresión y encuadernación: Qpprint
Impreso en España

Biografía

Agatha Christie es conocida en todo el mundo como la Dama del Crimen. Es la autora más publicada de todos los tiempos, tan solo superada por la Biblia y Shakespeare. Sus libros han vendido más de dos mil millones de ejemplares en todo el mundo. Escribió un total de ochenta novelas de misterio y colecciones de relatos breves, más de veinticinco obras de teatro y seis novelas escritas con el pseudónimo de Mary Westmacott. Probó suerte con la pluma mientras trabajaba en un hospital durante la Primera Guerra Mundial, y debutó en 1920 con *El misterioso caso de Styles*, cuyo protagonista es el legendario detective Hércules Poirot, que luego aparecería en treinta y tres libros más. Alcanzó la fama con *El asesinato de Roger Ackroyd* en 1926, y creó a la ingeniosa Miss Marple en *Muerte en la vicaría*, publicado por primera vez en 1930. Se casó dos veces, una con Archibald Christie, de quien adoptó el apellido con el que es conocida mundialmente como la genial escritora de novelas y cuentos policiales y detectivescos, y luego con el arqueólogo Max Mallowan, al que acompañó en varias expediciones a lugares exóticos del mundo que después usó como escenarios en sus novelas. En 1961 fue nombrada miembro de la Real Sociedad de Literatura y en 1971 recibió el título de Dama de la Orden del Imperio Británico, un título nobiliario que en aquellos días se concedía con poca frecuencia. Murió en 1976 a la edad de ochenta y cinco años. Sus misterios encantan a lectores de todas las edades, pues son lo suficientemente sencillos como para que los más jóvenes los entiendan y disfruten, pero a la vez muestran una complejidad que las mentes adultas no consiguen descifrar hasta el final.

www.agathachristie.com

A Robert Graves

Querido Robert:
Ya que has tenido la amabilidad de decir que te gustaban mis historias, me he atrevido a dedicarte este libro. Tan solo me pregunto si podrás reprimir tus aptitudes críticas (¡sin duda afiladas por tus recientes excesos en esa línea!) cuando lo leas. ¡Es una historia para entretenerte, y no una candidata a la sátira literaria de Mr. Graves!
Tu amiga,

AGATHA CHRISTIE

Personajes

Relación de los principales personajes que intervienen en esta obra:

Mary Aldin: prima lejana de lady Tressilian, con quien convive.

Amphrey: directora del colegio donde se educa Sylvia Battle.

Audrey: primera esposa, divorciada, de Nevile Strange.

Barrett: doncella, ya entrada en años, de lady Tressilian.

Battle: superintendente de Scotland Yard.

Mary Battle: esposa del anterior.

Sylvia Battle: hija menor del superintendente Battle.

Cornelly: rico y excéntrico lord.

Allen Drake: socio de Thomas Royde.

Hurstall: viejo mayordomo de los Tressilian.

Jones: sargento de policía.

Kay: hermosa y joven segunda esposa de Nevile Strange.

Ted Latimer: desocupado aristócrata, íntimo amigo de Kay.

Lazenby: médico de la policía del distrito.

James Leach: inspector de la policía, sobrino del superintendente Battle.

Angus MacWhirter: un escocés y suicida frustrado.

Robert Mitchell: comandante, jefe superior de Policía.

Olivia Parsons: compañera del colegio de Sylvia.

Thomas Royde: dueño de una plantación malaya, primo lejano de Audrey.

Spicer: cocinera de lady Tressilian.

Nevile Strange: joven rico y desocupado, consumado deportista, que tuvo por tutor al esposo de lady Tressilian.

Camilla Tressilian: viuda de Matthew, anciana y rica señora casi inválida.

Treves: anciano octogenario, famoso abogado criminalista.

Emma Wales: doncella de lady Tressilian.

Williams: agente de policía.

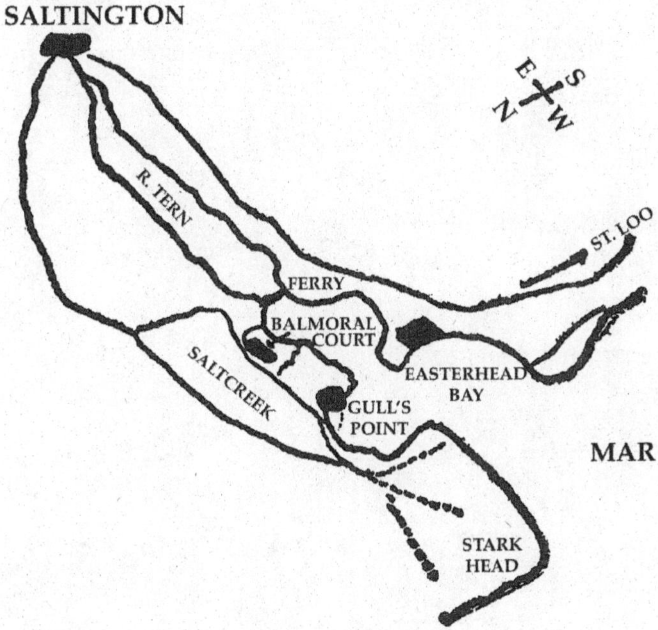
SALTINGTON
E
S
W
N
R. TERN
ST. LOO
FERRY
BALMORAL COURT
EASTERHEAD BAY
SALTCREEK
GULL'S POINT
MAR
STARK HEAD

Prólogo

19 de noviembre

Casi todas las personas que se hallaban reunidas alrededor de la chimenea eran abogados o tenían interés por la ley. Estas eran: Martindale, el procurador; Rufus Lord, KC;[1] el joven Daniels, que se había hecho famoso con el caso Castairs; varios abogados más: el juez Cleaver; Lewis, de la firma Lewis & Trench, y el anciano Mr. Treves. Este último andaba cerca de los ochenta, unos ochenta llenos de madurez y de experiencia. Era el socio más famoso de un célebre bufete de abogados, y se decía que él, mejor que nadie en toda Inglaterra, conocía la historia de los trapicheos legales que habían evitado muchísimos juicios sonados. Su especialidad era la criminología.

Algunas personas irreflexivas opinaban que Mr. Treves debería escribir sus memorias. Mr. Treves, con mucha sensatez, opinaba que sabía demasiado para ello.

Aunque retirado del ejercicio de su profesión desde hacía mucho tiempo, no había en toda Inglaterra opinión más respetada por sus propios colegas que la suya. Cuando hablaba, con su voz fina y precisa, siempre se producía un silencio respetuoso.

En la ocasión a la que nos referimos, la conversación gi-

1. *King's Counsel*. Título que se da al abogado de la Corona.

raba en torno a un caso que había dado mucho que hablar y que había concluido aquel día en Old Bailey.[2] Era un caso de asesinato y el acusado había sido absuelto. Los presentes analizaban el caso una y otra vez, criticándolo desde el punto de vista profesional.

El fiscal había cometido el error de confiar en uno de sus testigos; el viejo Depleach debía haberse dado cuenta de que con ello suministraba un arma a la defensa. El joven Arthur había sacado el máximo partido de la declaración de la criada. Bentmore, al hacer el resumen del caso, había vuelto a poner las cosas en su lugar. Sin embargo, el daño ya estaba hecho y el jurado había creído a la chica. Los jurados eran muy raros, nunca se sabía lo que eran capaces de creer y lo que no. Pero una vez que se les metía algo en la cabeza, no había nadie capaz de quitárselo. Habían creído que la chica decía la verdad en lo de la palanqueta y no hubo nada que hacer. El informe médico había resultado incomprensible para ellos. Todos aquellos términos tan largos y aquella jerga científica. Los científicos eran pésimos testigos, carraspeaban, titubeaban y eran incapaces de contestar sí o no a la pregunta más clara, y siempre añadían aquello de «si hubieran concurrido determinadas circunstancias» y cosas por el estilo.

Poco a poco agotaron el tema y no tardó en ser obvia la sensación de que algo faltaba. Todas las cabezas se volvieron en dirección a Mr. Treves. Porque hasta entonces Mr. Treves no había contribuido en absoluto a la discusión. Los reunidos esperaban la última palabra de su colega más respetado.

Mr. Treves, recostado en su butaca, limpiaba sus gafas con expresión ausente. Algo en el silencio reinante le hizo levantar la vista vivamente.

—¿Cómo? ¿Qué pasa? ¿Me han preguntado algo?

2. Tribunal central de lo penal en Londres. *(N. de la t.)*

—Hablábamos del caso Lamorne, señor —dijo el joven Lewis.

Hizo una pausa expectante.

—Sí, sí —contestó Mr. Treves—. En eso estaba pensando.

Se oyó un murmullo respetuoso.

—Pero me temo —añadió el anciano, sin dejar de sacar brillo a sus gafas— que estaba dejándome llevar por la fantasía. Supongo que será que estoy haciéndome viejo. A mi edad, nos creemos con derecho a ser fantasiosos si se nos antoja.

—Por supuesto, señor —asintió el joven Lewis, pese a que parecía desconcertado.

—Pensaba no tanto en las cuestiones legales que se suscitaron, aunque fueron muy interesantes..., muy interesantes..., sino en que si el veredicto hubiera sido el contrario, creo que habría habido base sobrada para una apelación —comentó Mr. Treves—. Pero no voy a empezar con eso ahora. No pensaba, como les decía, en las cuestiones legales sino en..., bueno, en las personas que intervinieron en el caso.

Todos se quedaron asombrados. Solo habían considerado a las personas implicadas en el caso desde el punto de vista de su credibilidad o en su categoría de testigos. Ninguno de ellos había llegado siquiera a plantear si el acusado sería culpable o tan inocente como el tribunal lo había declarado.

—Seres humanos —dijo pensativo Mr. Treves—. Seres humanos. De todas clases, especies, formas y tamaños. Algunos inteligentes, la mayoría no. Gentes de todas partes, de Lancashire, de Escocia, aquel propietario del restaurante de Italia y aquella maestra de escuela de no sé qué lugar del Middle West. Todos cogidos y atrapados en la red y, por último, reunidos ante un tribunal de Londres, en un día gris del mes de noviembre. Cada uno de ellos aportando su grano de arena. Y todo vino a culminar en un juicio por asesinato.

Hizo una pausa y empezó a tamborilear suavemente en una de sus rodillas.

—A mí me gustan las buenas novelas policíacas —dijo—. Pero opino que empiezan donde no deben. Empiezan con el asesinato. Pero el asesinato es *el final*. La historia empieza mucho antes, con todas las causas y acontecimientos que reúnen a determinadas personas en determinado lugar, a una hora determinada de un día determinado. Fíjense en la declaración de aquella muchachita: si la ayudante de la cocinera no le hubiera quitado el novio, ella no habría dejado la casa en un arranque de genio, no habría ido a parar a casa de los Lamorne y no hubiera sido el principal testigo de la defensa. Y ese Giuseppe Antonelli, que vino a ocupar el puesto de su hermano durante un mes. Él hermano es ciego como un topo. No hubiera visto lo que vieron los ojos agudos de Giuseppe. Si al policía no le gustara la cocinera del 48, él no habría llegado tarde a hacer su ronda...

Mr. Treves confirmó sus palabras moviendo ligeramente la cabeza.

—Todos convergiendo en un punto dado. Y luego, llega la hora... ¡La Hora Cero! Sí, todos reunidos en la Hora Cero...

Tras una breve pausa, repitió:

—La Hora Cero...

Se estremeció ligeramente.

—Tiene usted frío. Acérquese al fuego.

—No, no —dijo Mr. Treves—. No tengo frío, será que alguien está pisando mi tumba, según el dicho popular.[3] Bueno, bueno, tengo que irme a casa.

Les dirigió con la cabeza un saludo afable y salió lentamente de la habitación.

3. Efectivamente, en Inglaterra, cuando alguien se estremece, dice que están pisando su tumba. *(N. de la t.)*

Los presentes permanecieron durante unos segundos en silencio. Luego, Rufus Lord observó en voz alta que al pobre Treves le pesaban los años.

—Una cabeza muy aguda, muy aguda —afirmó Mr. William Cleaver—. Pero no se puede con los años.

—Además, padece del corazón —añadió Lord—. Puede caerse muerto en cualquier momento.

—Se cuida bien —dijo el joven Lewis.

En aquel instante, Mr. Treves subía con cuidado a su magnífico Daimler. El coche lo dejó en una casa situada en una plaza tranquila. Un mayordomo solícito le ayudó a despojarse de su abrigo. Mr. Treves entró en la biblioteca, donde ardía un fuego de carbón. A continuación de la biblioteca estaba su dormitorio, porque a causa de la debilidad de su corazón nunca subía al piso de arriba.

Se sentó frente al fuego y cogió el correo. En su mente seguía dándole vueltas a la idea que había esbozado en el club.

«Incluso en este momento —se dijo Mr. Treves—, algún drama, algún crimen futuro, está en curso de preparación. Si yo escribiera una de esas historias tan divertidas de sangre y de crímenes, empezaría ahora, con un caballero anciano sentado frente al fuego, abriendo sus cartas y dirigiéndose sin saberlo él mismo hacia la hora cero.»

Rasgó un sobre y miró distraído la hoja que extrajo de su interior.

De repente, su expresión cambió. Regresó de la fantasía a la realidad.

—¡Vaya por Dios! —dijo Mr. Treves—. ¡Qué contratiempo! ¡Es realmente enojoso! ¡Después de tantos años! Esto alterará todos mis planes.

Capítulo 1
Se abre la puerta y aquí están los personajes

11 de enero

El hombre que estaba en la cama del hospital cambió ligeramente de postura y sofocó un gemido.

La enfermera que cuidaba de la sala se levantó de su puesto y se acercó a él. Le movió las almohadas y lo colocó en una postura más cómoda.

Angus MacWhirter se limitó a lanzar un gruñido, a modo de gracias.

Se encontraba en un estado de extrema rebeldía y amargura.

Ya debía haber terminado con todo. Debía encontrarse fuera de todo. ¡Aquel maldito arbolito ridículo que crecía en el acantilado! Malditos aquellos novios entrometidos que desafiaron el frío de una noche de invierno para citarse en el borde del acantilado.

Si no hubiera sido por ellos (y por el árbol), ya habría terminado con todo. Una zambullida en el agua helada y profunda, quizá una breve lucha y luego el olvido, el fin de una vida desperdiciada sin valor y sin provecho.

Y ahora, ¿dónde estaba? En una situación ridícula, echado en una cama del hospital con un hombro roto y ante la perspectiva de ser llevado ante un tribunal por el delito de haber intentado quitarse la vida.

Pero, ¡maldición!, ¿no era su propia vida?

Y si su tentativa hubiera tenido éxito, lo habrían enterrado piadosamente, víctima de una locura transitoria.

Sí, locura. ¡Nunca había estado más cuerdo! Y suicidarse era lo más lógico y cuerdo que podía haber hecho una persona en su situación.

Era un hombre completamente acabado, de mala salud, y su mujer lo había dejado por otro. Sin trabajo, sin afecto, sin dinero, sin salud ni esperanza, ¿no era acabarlo todo de una vez la única solución?

Y ahora aquí estaba, en una situación ridícula. Dentro de poco tiempo, un magistrado mojigato le amonestaría por haber hecho lo que el sentido común le había aconsejado hacer con algo que era suyo y solo suyo: su vida.

Lanzó un gruñido de rabia. La fiebre le subió un poco.

La enfermera se acercó a él de nuevo.

Era joven, pelirroja, con un rostro bondadoso, aunque algo inexpresivo.

—¿Le duele mucho?

—No.

—Le daré algo para que duerma.

—No me dará usted nada.

—Pero...

—¿Cree usted que soy incapaz de soportar algo de dolor e insomnio?

La enfermera sonrió de un modo agradable, con cierto aire de superioridad.

—El doctor ha dicho que podía tomar algo.

—No me importa lo que haya dicho el doctor.

La enfermera, sin inmutarse lo más mínimo, le acercó el vaso de limonada.

—Siento haber sido tan grosero —dijo él ligeramente avergonzado.

—Bah, no se preocupe.

Le molestó que su mal humor no la afectara en lo más mínimo. Nada podía penetrar la armadura de indiferencia indulgente de la enfermera. Para ella era un paciente, no un hombre.

—¡Condenados entrometidos! ¡Siempre igual!

—Vaya, vaya, no está bien decir esas cosas —replicó ella en tono reprobatorio.

—¿Que no está bien? ¿Bien? ¡Dios mío!

—Se sentirá mejor por la mañana —afirmó la enfermera tranquilamente.

El enfermo tragó saliva.

—¡Ustedes las enfermeras! ¡Ustedes las enfermeras! Inhumanas, eso es lo que son.

—Sabemos lo que conviene al enfermo.

—¡Eso es lo que me da tanta rabia! De usted, del hospital, del mundo entero. Siempre entrometiéndose. Todo el mundo sabe lo que conviene a los demás. He intentado matarme. ¿Lo sabía usted?

Ella asintió.

—Sí, yo quería tirarme por aquel acantilado. Era cosa mía y solo mía. No quería nada de la vida. Era un hombre acabado.

La enfermera expresó una simpatía abstracta con un chasquido de la lengua. Él era un paciente, y dejaba que se calmara desahogándose.

—¿Por qué no había de matarme, si quería hacerlo?

A esto contestó ella con toda seriedad.

—Porque está mal.

—¿Y por qué está mal?

Ella lo miró con expresión dubitativa. No es que se hubieran alterado sus creencias, pero le faltaba facilidad de palabra para expresar su opinión.

—Bueno..., quiero decir que... matarse es un error. Tiene uno que seguir viviendo, tanto si le gusta como si no.

—¿Y por qué tiene uno que seguir viviendo?

—Bueno, uno debe tener en cuenta a los demás, ¿verdad?

—En mi caso, no. Ni una sola persona en el mundo lamentaría mi muerte.

—¿No tiene usted parientes? ¿Ni madre, ni hermanos, ni nada?

—No. Tenía mujer, pero me dejó... ¡Y muy bien que hizo! Se dio cuenta de que no valgo para nada.

—Pero tendrá usted amigos.

—No, no tengo amigos. No soy hombre dado a hacer amistades. Le voy a decir algo, enfermera. Hubo un tiempo en que yo era feliz. Tenía un buen empleo y una mujer guapa. Entonces hubo un accidente de coche. Mi jefe conducía y yo iba con él. Quería que yo dijera que circulaba a menos de veinte millas por hora en el momento del accidente, pero no era verdad. Conducía a cerca de sesenta. No hubo muertos ni nada de eso, solo quería tener razón para lo del seguro. Pues bien, yo no podía decir lo que él quería. Era una mentira y yo no digo mentiras.

—Creo que hizo usted muy bien. Muy bien —afirmó la enfermera.

—¿Ah, sí? ¿Lo cree usted? Aquella cabezonería mía me costó el empleo. Mi jefe estaba resentido y tuvo buen cuidado de que no consiguiera otra colocación. Mi mujer se cansó de verme dar vueltas sin encontrar trabajo. Se marchó con un hombre que había sido amigo mío. Le iban bien las cosas y seguía subiendo. Yo anduve dando tumbos, hundiéndome cada vez más. Me aficioné a la bebida. Eso no me ayudó a conservar un trabajo. Acabé de peón, me hice una hernia y el médico me dijo que nunca volvería a ser fuerte. Bueno, ya no me quedaba ningún aliciente en la vida. Lo más fácil y seguro era acabar de una vez. Mi vida no tiene valor ni para mí ni para nadie.

—Eso usted no lo sabe —murmuró la enfermera.

Él se rio. Se había puesto de mejor humor. Su ingenua obstinación le hacía gracia.

—Pero, pequeña, ¿para qué le sirvo yo a nadie?

—No se sabe. Puede que... algún día... —replicó ella, confusa.

—¿Algún día? No llegará ese día. La próxima vez me aseguraré bien.

Ella meneó la cabeza con decisión.

—No, no —dijo—. Usted no volverá a hacerlo.

—¿Por qué no?

—Nunca lo hacen.

Él se la quedó mirando. «Nunca lo hacen.» Él pertenecía ya a la clase de suicidas frustrados. En el momento en que abrió la boca para protestar enérgicamente, su sinceridad innata lo detuvo de pronto.

¿Volvería él a intentarlo? ¿Tenía intención de hacerlo?

Y súbitamente comprendió que no, sin que ninguna razón se lo impidiera. Puede que la verdadera razón fuese la que la enfermera, con su experiencia, acababa de dar: nadie intenta suicidarse dos veces.

Con mayor motivo, decidió obligarla a que le diera una razón ética.

—En cualquier caso, tengo derecho a hacer lo que quiera con mi vida.

—No..., no, no lo entiende usted.

—Pero ¿por qué no, muchacha, por qué no?

La enfermera enrojeció y dijo, jugando con la crucecita de oro que pendía de su cuello.

—No lo entiende. Dios puede necesitarlo a usted.

Él la miró fijamente, desconcertado. No quería ofenderla en su fe infantil.

—A lo mejor algún día detengo un caballo desbocado y salvo de la muerte a una niña rubia, ¿no es eso? —dijo en tono de burla.

Ella meneó la cabeza con vehemencia, y trató de expresar lo que en su mente estaba tan claro y en su palabra resultaba tan torpe:

—Puede que sea solo *estar* en algún sitio, sin hacer nada,

solo estar en cierto lugar, en un momento determinado... ¡Ay, no puedo expresarlo! Pero puede que un día por la calle, solo por el hecho de ir por esa calle, usted esté realizando algo enormemente importante, a lo mejor sin saber qué es.

La enfermera pelirroja era de la costa oeste de Escocia y algunas personas de su familia eran clarividentes.

Puede que, confusamente, viera la imagen de un hombre subiendo una carretera en una noche de septiembre y salvando a un ser humano de una muerte horrible...

14 de febrero

Había una sola persona en la habitación y el único ruido que se oía era el rasgueo de la pluma mientras escribía línea tras línea en el papel.

No había nadie que pudiera leer las palabras que iba escribiendo. Si alguien las hubiera leído, habría creído que su vista le engañaba. Porque aquello era un proyecto de asesinato, claro y con todo detalle.

Hay momentos en que el cuerpo es consciente de que una mente fiscaliza y se inclina obediente ante ese algo que gobierna sus actos. En otros momentos, la mente es consciente de poseer y dominar un cuerpo y de cumplir su propósito a través de dicho cuerpo.

La persona que escribía se encontraba en este último estado. Era una mente fría, una inteligencia controlada. Esta mente tenía una sola idea y un solo propósito: la destrucción de otro ser humano. Para llevar a cabo este propósito, trazaba el plan meticulosamente en el papel. Tenía en cuenta cualquier eventualidad, cualquier posibilidad. Tenía que resultar perfecto. El plan, como todos los planes bien trazados, no era rígido. En determinados momentos dejaba lugar para alternativas. Además, como aquella era una mente inteligente, se daba cuenta de que debía haber un margen para lo imprevisto. Pero las líneas principales estaban claras y habían sido verificadas con toda atención. La hora, el lugar, el modo de hacerlo, ¡la víctima!

La persona levantó la cabeza. Cogió con la mano las hojas de papel y las leyó con atención de principio a fin. Sí, todo estaba claro como el agua.

En aquel rostro serio apareció una sonrisa. Era una sonrisa un tanto anormal. La persona inspiró profundamente.

Así como el hombre fue hecho a imagen y semejanza de su Creador, aquí también había ahora un terrible travestismo de la alegría de crear.

Sí, todo estaba planeado, se había previsto la reacción de cada uno, convirtiendo el bien y el mal que cada uno llevaba dentro, utilizado y puesto en armonía con un designio malvado.

Solo faltaba una cosa.

Con una sonrisa, el escritor escribió una fecha: un día de septiembre.

Entonces, riéndose, hizo pedazos las hojas y, cruzando la habitación, los echó al fuego de la chimenea. No cometió el menor descuido. Todos los trocitos de papel fueron destruidos y consumidos por las llamas. Desde aquel instante, el plan solo existía en la mente de su creador.

8 de marzo

El superintendente Battle había acabado de desayunar con la barbilla adelantada, algo que le daba un aire truculento; leía, despacio y con todo cuidado, una carta que su esposa acababa de entregarle llorando. Su rostro, como de costumbre, no mostraba la menor expresión. Parecía tallado en madera. Era un rostro firme, resistente y, en cierto modo, impresionante. El superintendente Battle no había dado nunca la impresión de ser brillante. Decididamente no era un hombre brillante, aunque tenía otra cualidad difícil de definir, pero poderosa.

—No puedo creerlo —dijo Mrs. Battle entre sollozos—. ¡Sylvia!

Sylvia era la menor de los cinco hijos de los Battle. Tenía dieciséis años y estaba en un colegio cerca de Maidstone.

La carta era de miss Amphrey, la directora del colegio en cuestión. Era una carta clara, amable, escrita con mucho tacto. Decía que las autoridades del centro habían estado desconcertadas durante cierto tiempo debido a diversos robos, que al fin todo se había aclarado, que Sylvia Battle había confesado su culpabilidad y que miss Amphrey desearía ver a los Battle cuanto antes «para discutir la situación».

El superintendente Battle dobló la carta y se la guardó en un bolsillo.

—Déjame esto a mí, Mary —dijo.

Se levantó, rodeó la mesa, le dio unos golpecitos cariñosos en la mejilla.

—No te preocupes, querida, todo se arreglará.

Salió de la habitación dejando tras de sí consuelo y tranquilidad.

Aquella tarde, en el salón de miss Amphrey, moderno y muy personal, el superintendente Battle estaba sentado muy erguido en una butaca frente a la directora del colegio, con sus manazas descansando sobre las rodillas y con más aspecto de policía que nunca.

Miss Amphrey tenía un gran éxito como directora. Poseía personalidad, mucha personalidad, era moderna y culta, y sabía combinar la disciplina con las modernas teorías sobre la autodeterminación.

El salón era representativo del espíritu de Meadway. Todo era de un color frío. Había grandes jarrones con narcisos y floreros con tulipanes y jacintos, un par de buenas copias de escultura clásica griega, dos ejemplares de escultura moderna muy audaz y, en las paredes, dos primitivos italianos. En medio de todo esto, se sentaba la señorita, vestida de azul oscuro, con una expresión anhelante en el rostro de galgo y mirando seriamente con sus ojos azul claro a través de los gruesos cristales de sus gafas.

—Lo que importa —decía con su voz clara y bien modulada— es que tratemos el asunto en la debida forma. Es en la niña en quien tenemos que pensar, Mr. Battle, en Sylvia. Es de la máxima importancia, de la máxima importancia, no dañar su vida en ninguna forma. Hay que evitar que adquiera un complejo de culpabilidad. Hay que reconvenirla con sumo cuidado o no reconvenirla en absoluto. Tenemos que dar con el motivo que se oculta detrás de esas raterías sin importancia. ¿Quizá un complejo de inferioridad? ¿No destaca en los deportes? ¿Un deseo oscuro de brillar en una esfera distinta? ¿El deseo de afirmar su ego? Debemos tener mucho mucho cuidado. Por eso he querido verle antes a usted a solas para inculcarle la idea de que hay que tener mucho mucho cuidado con Sylvia. Repito que es muy importante llegar a lo que hay detrás de todo esto.

—Para eso precisamente he venido, miss Amphrey —replicó el superintendente Battle con voz tranquila.

Su rostro no expresaba la menor emoción y miraba a la directora con ojos inquisitivos.

—La he tratado con mucha suavidad —dijo miss Amphrey.

—Muy loable —opinó Battle, lacónico.

—Es que de verdad quiero y comprendo a estas chiquillas.

Battle no contestó directamente, sino que dijo:

—Ahora quisiera ver a mi hija, si no le importa, miss Amphrey.

Con renovado énfasis, miss Amphrey le advirtió que

tuviera cuidado, que fuera despacio, que no contrariase a aquel capullo femenino a punto de florecer.

El superintendente Battle no mostró la menor señal de impaciencia. Su rostro seguía completamente inexpresivo.

Finalmente, la directora lo llevó a su despacho. En los pasillos se cruzaron con una o dos alumnas. Las niñas adoptaron una actitud respetuosa, pero los miraron llenas de curiosidad. Una vez hubo introducido a Battle en una pequeña habitación, no tan personal como la del piso de abajo, miss Amphrey se retiró, diciendo que le enviaría a Sylvia.

En el momento en que dejaba la estancia, Battle la detuvo.

—Un momento, señorita. ¿Cómo ha llegado usted a saber que era Sylvia la responsable de estas... desapariciones?

—Empleé métodos psicológicos, Mr. Battle.

Miss Amphrey habló con dignidad.

—¿Psicológicos? ¡Hum! ¿Y qué pruebas consiguió usted, miss Amphrey?

—Comprendo, Mr. Battle, comprendo que reaccione usted así. Eso... es propio de su profesión. Pero la psicología empieza a ser considerada en criminología. Le aseguro a usted que no hay error posible. Sylvia reconoció espontáneamente el hecho.

—Sí, sí, ya lo sé. Lo único que quería saber es qué le indujo a sospechar de ella.

—Verá, Mr. Battle, cada vez iban desapareciendo más cosas de las taquillas de las niñas. Las reuní a todas y les expuse los hechos. Al mismo tiempo, estudiaba sus caras con disimulo. La expresión de Sylvia me puso de inmediato sobre la pista. Demostraba culpabilidad, confusión. En aquel momento, supe quién era la culpable. No quise enfrentarla con su delito, sino conseguir que lo reconociera por sí misma. Le hice una pequeña prueba de asociación de palabras.

Battle hizo con la cabeza señal de que comprendía.

—Y, finalmente, la niña lo confesó todo.

—Sí.

—Comprendo —dijo el padre.

Miss Amphrey titubeó un instante y luego salió de la habitación.

Battle miraba a través de la ventana cuando la puerta se abrió de nuevo. Se volvió lentamente y miró a su hija.

Sylvia permanecía junto a la puerta, que había cerrado al entrar. Era alta, morena y angulosa. En su rostro sombrío había huellas de lágrimas.

—Bueno, aquí estoy —dijo, más tímida que desafiante.

Battle la contempló pensativo durante un minuto o dos y suspiró.

—Nunca debí haberte mandado a este lugar —le dijo—. Esa mujer es tonta.

Sylvia se quedó tan sorprendida que olvidó sus propios problemas.

—¿Miss Amphrey? ¡Pero si es maravillosa! Todas la encontramos maravillosa.

—¡Hum!... —dijo Battle—. Entonces no es tonta del todo, si es capaz de engañaros así a todas. En cualquier caso, Meadway no era el lugar indicado para ti... Aunque no sé, puede que esto hubiera ocurrido también en cualquier otra parte.

Sylvia se retorció las manos, mirando al suelo.

—Lo..., lo siento mucho, papá. De veras.

—Y con razón —dijo Battle brevemente—. Ven aquí.

La niña se acercó despacio y de mala gana. El padre le cogió la barbilla con su manaza y la miró atentamente.

—Lo has pasado muy mal, ¿verdad? —preguntó con suavidad.

Las lágrimas asomaron a los ojos de la niña.

—¿Sabes, Sylvia? —añadió Battle con voz pausada—. Siempre he sabido que en ti había algo. La mayoría de las personas tienen una debilidad de una clase o de otra. Por regla general, es algo visible. Se ve fácilmente cuando el niño tiene mal carácter, o es avaro, o es pendenciero. Tú eras una niña muy buena, muy tranquila, tenías muy buen carácter, no dabas el menor disgusto. Y algunas veces esto me preocupaba. Si hay un defecto que no se ve, se corre el riesgo de estropearlo todo cuando salga a la luz.

—Eso me pasó a mí —dijo Sylvia.

—Sí, lo que te pasó a ti. Bajo la presión, saltaste en pedazos. Y de un modo bien raro, por cierto. Nunca me había tropezado con nada por el estilo, por extraño que parezca.

La niña dijo de pronto, con desprecio:

—Pues yo diría que te has encontrado con bastantes ladrones.

—Ah, sí, los ladrones no tienen secretos para mí. Y por eso, hijita, no porque sea tu padre, los padres no saben gran cosa de sus hijos, sino porque soy policía, sé muy bien que no eres una ladrona. Tú no has robado nada. Hay dos clases de ladrones: los que sucumben a una tentación repentina y más fuerte que ellos, y esto ocurre rara vez (es extraordinaria la resistencia que tiene el hombre honrado normal ante esa clase de tentaciones), y los que cogen lo que no les pertenece como la cosa más natural del mundo. Tú no perteneces a ninguno de los dos tipos. Tú no eres una ladrona. Eres una mentirosa de una especie muy extraña.

—Pero... —empezó Sylvia.

—Lo has confesado todo, ¿verdad? —se apresuró a interrumpir su padre—. Sí, ya lo sé. Hubo una vez una santa que salió de su casa con una cesta de pan para los pobres. A su marido no le gustaba eso. La encontró y le preguntó qué llevaba en el cesto. Ella perdió el valor y dijo que llevaba unas rosas. Él abrió la cesta y dentro había rosas. ¡Un milagro! Si tú hubieras sido Santa Isabel y llevaras una cesta de rosas y tu marido te hubiese preguntado qué llevabas en ella, habrías perdido el valor y habrías dicho: «Pan».

Hizo una pausa y luego añadió suavemente:

—Fue así como ocurrió, ¿verdad?

Se produjo una pausa más larga y la niña, de repente, inclinó la cabeza.

—Dime, hija. ¿Qué es exactamente lo que ocurrió?

—Nos reunió a todas. Hizo un discurso. Vi que me observaba y supe que pensaba que era yo. Me puse muy colorada y vi que algunas niñas me miraban. Fue horrible. Y luego las demás empezaron también a mirarme y a hablarse al oído con disimulo. Comprendí que todas lo creían. Y entonces, una tarde, la señorita me llamó con algunas de las otras y jugamos a juegos de palabras. Ella decía unas palabras y nosotras contestábamos.

Battle gruñó disgustado.

—Yo comprendí lo que intentaba... y me quedé como paralizada. Trataba de no decir la palabra que no debía decir, intenté pensar en cosas que no tuvieran nada que ver, como las ardillas o las flores, y la señorita estaba allí, mirándome con unos ojos... Y luego fue cada vez peor y un día la señorita me habló amablemente y tan..., tan comprensiva que no lo soporté más y dije que lo había hecho. ¡Ay, papá, qué alivio!

Battle se pasó la mano por la barbilla.

—Ya veo.

—¿Lo comprendes?

—No, Sylvia, no lo comprendo, porque no estoy hecho de esa forma. Si alguien tratara de hacerme decir que había hecho algo que no había hecho, lo que sentiría serían ganas de darle un mamporro. Pero imagino que ha podido ocurrir en tu caso. Tu señorita de ojos de lince se ha encontrado delante de las mismas narices con el mejor y más inusitado ejemplo de psicología que pudiera desear una charlatana como ella, representante de teorías muy extendidas. Ahora lo que hay que hacer es poner en claro este asunto. ¿Dónde está miss Amphrey?

Miss Amphrey rondaba discretamente, no muy lejos de allí. Su sonrisa comprensiva se heló cuando el superintendente Battle dijo con brusquedad:

—Para hacer justicia a mi hija, le pido a usted que llame a la policía para que se ocupe de este caso.

—Pero, Mr. Battle, si la propia Sylvia...

—Sylvia no ha tocado nada que no le perteneciera.

—Comprendo que, como padre...

—No estoy hablando como padre, sino como policía. Llame a la policía para que le ayude en este asunto. Serán discretos. Encontrará usted las cosas escondidas en alguna parte y supongo que con huellas dactilares y todo; los raterillos no piensan en usar guantes. Me llevo conmigo a mi hija ahora. Si la policía encuentra pruebas, pero pruebas de verdad, que la comprometan, estoy dispuesto por su bien a comparecer ante los tribunales y aceptar lo que venga. No tengo miedo.

Cuando el coche cruzaba la verja, unos cinco minutos más tarde, le preguntó a Sylvia, que se sentaba a su lado:

—¿Quién es esa chica de pelo rubio revuelto, de cara colorada, con una mancha en la barbilla y ojos azules muy separados? Me he cruzado con ella en el pasillo.

—Debe de ser Olivia Parsons.

—Pues no me extrañaría nada que resultara ser ella.

—¿Parecía asustada?

—No, parecía complacida. En comisaría he visto cientos de veces esa mirada tranquila y complacida. Apostaría cualquier cosa a que ella es la ladrona. Pero no creas que va a confesarlo.

Sylvia dijo con un suspiro:

—Es como salir de una pesadilla. Papá, lo siento mucho. ¡Lo siento muchísimo! ¿Cómo he podido ser tan tonta, tan terriblemente tonta? Me parece horrible lo que he hecho.

—Bueno, bueno —dijo el superintendente Battle, que

apartó una mano del volante para palmearle el brazo. Luego añadió una de sus favoritas y vulgares frases de consuelo—: No te preocupes. Estas cosas nos las envían para probarnos. Sí, nos las envían para probarnos. Al menos eso me parece a mí. Si no, no veo por qué iban a enviárnoslas...

19 de abril

El sol derramaba generosamente sus rayos sobre la casa de Nevile Strange, en Hindhead.

Era uno de esos días de abril de los que hay por lo menos uno en el mes, más caliente que los de junio.

Nevile Strange bajaba las escaleras. Iba vestido de franela blanca y llevaba cuatro raquetas de tenis bajo el brazo.

Si entre todos los ingleses hubiera que escoger un hombre como ejemplo del afortunado mortal que lo tiene todo, el Comité de Selección escogería a Nevile Strange. Era muy conocido entre el público británico, un jugador de tenis de primera clase y un deportista consumado. Aunque nunca había llegado a las finales de Wimbledon, había ganado varias veces los partidos preliminares y en los dobles mixtos había llegado a las semifinales en dos ocasiones. Puede que fuera un atleta demasiado completo para ser campeón de tenis. Era un excelente jugador de golf, un magnífico nadador y había hecho varias buenas escaladas en los Alpes. Tenía treinta y tres años y una salud de hierro, un físico atractivo, mucho dinero, una mujer bellísima con la que se había casado recientemente y, según todas las apariencias, carecía de preocupaciones.

Sin embargo, cuando Nevile Strange bajaba las escaleras aquella hermosa mañana, una sombra le seguía, una sombra quizá perceptible solo para él. Pero él se daba cuenta de su presencia y esto le hacía fruncir el ceño y parecer turbado e indeciso.

Cruzó el vestíbulo, cuadró los hombros, como si se despojara definitivamente de una carga pesada, pasó por el salón y salió a una galería acristalada donde su esposa Kay, acurrucada entre cojines, bebía zumo de naranja.

Kay Strange tenía veintitrés años. Poseía una figura esbelta, aunque de una voluptuosidad delicada, el pelo rojo oscuro, un cutis perfecto que realzaba con un ligerísimo maquillaje, y los ojos y las cejas oscuros, algo muy poco frecuente en una pelirroja y que producía un efecto irresistible.

Su marido dijo, en tono despreocupado:

—Hola, preciosa. ¿Qué hay para desayunar?

—Para ti, unos riñones repugnantes, llenos de sangre, champiñones y rollitos de beicon.

—Estupendo.

Se sirvió las viandas y una taza de café. Durante unos minutos, permanecieron en un agradable silencio.

—¿Verdad que el sol está estupendo? —dijo Kay, meneando voluptuosamente los dedos de sus pies desnudos, con las uñas pintadas de rojo vivo—. Inglaterra no es tan horrible, después de todo.

Acababan de volver del sur de Francia.

Nevile, después de echar una ojeada rápida a los titulares del periódico, había pasado a la página deportiva.

—¡Hum!

Después, echando mano a la mermelada y las tostadas, dejó a un lado el periódico y se dispuso a abrir el correo.

Había muchas cartas, pero la mayoría de ellas eran circulares, anuncios e impresos, que rompió y dejó a un lado.

—No me gusta el colorido del salón —comentó Kay—. ¿Puedo cambiarlo, Nevile?

—Todo lo que quieras, preciosa.

—Azul pavo real —dijo Kay con expresión soñadora— y cojines de raso color marfil.

—Solo te faltará un mono —señaló Nevile.

—Tú puedes ser el mono —replicó Kay.

Nevile abrió otra carta.

—Ah, a propósito —añadió Kay—: Shirty nos ha invitado a ir a Noruega en el yate a fines de junio. Es un fastidio que no podamos. —Con cautela, espió de reojo a Nevile y añadió en tono anhelante—: ¡Me hubiera gustado tanto ir...!

Algo como una nube, como una vacilación, pareció asomar en el rostro de Nevile.

Kay prosiguió con rebeldía:

—¿Es necesario que vayamos a aburrirnos a casa de Camilla?

Nevile frunció el ceño.

—Claro que tenemos que ir. Escucha, Kay, ya tenemos esto más que hablado. Sir Matthew era mi tutor, y él y Camilla me criaron. Gull's Point es mi hogar, en la medida en que yo puedo tener un hogar.

—¡Bueno, bueno! —dijo Kay—. Si hay que ir, iremos. De todos modos, heredaremos todo el dinero cuando se muera, conque habrá que darle un poco de jabón.

—No se trata de dar jabón —replicó Nevile, airado—. Ella no tiene control sobre el dinero. Sir Matthew se lo dejó solamente en usufructo para que a su muerte pase a mí y a mi esposa. Es solamente cuestión de afecto. ¿Por qué no lo comprendes?

—En realidad, lo comprendo —murmuró Kay después de una pausa momentánea—. Protesto y me enfado porque..., bueno, porque sé que mi presencia allí es tolerada y nada más. Me odian. ¡Sí, me odian! Lady Tressilian no me considera en absoluto y Mary Aldin me mira por encima del hombro cuando me habla. Para ti todo está muy bien. Tú no te enteras de lo que pasa.

—Siempre han sido muy correctas contigo. Sabes muy bien que no hubiera consentido que no lo fuesen.

Por debajo de las oscuras pestañas, los ojos de Kay le miraron de un modo extraño.

—Sí, son muy correctas. Pero saben muy bien cómo fastidiarme. Soy la intrusa, eso es lo que soy para ellas.

—Bueno —dijo Nevile—, después de todo, es bastante natural que se sientan así, ¿verdad?

Su voz había experimentado un ligero cambio. Se levantó y se quedó contemplando el panorama, la espalda vuelta hacia Kay.

—Sí, claro, muy natural. Querían mucho a Audrey, ¿no es así? —La voz de Kay tembló ligeramente—. ¡La querida Audrey, tan bien educada, tan fría y anodina! Camilla no me ha perdonado que haya ocupado su puesto.

Nevile siguió de espaldas. Respondió a su esposa con voz apagada:

—Hay que tener en cuenta que Camilla es vieja, tiene más de setenta años. Su generación no aprueba el divorcio. En líneas generales, creo que ha aceptado la situación muy bien, si se piensa en lo mucho, en lo muchísimo que quería a..., a Audrey. Su voz sonó ligeramente distinta al pronunciar ese nombre.

—Creen que te has portado muy mal con ella.

—Y tienen razón —murmuró Nevile para sí mismo, pero su mujer le oyó.

—Por favor, Nevile, no seas tonto. Todo fue porque ella se puso a hacer todos aquellos aspavientos.

—Audrey no hizo aspavientos. Nunca los hace.

—Bueno, ya me entiendes. Se marchó y estuvo enferma y andaba por todas partes como si tuviera el corazón destrozado. ¡Eso es lo que yo llamo hacer aspavientos! Audrey no sabe perder. Yo opino que, si una mujer no sabe retener a su marido, debe dejarlo marchar voluntariamente. Vosotros dos no teníais nada en común. En su vida no practicó ningún deporte y era tan anémica y descolorida como..., como un estropajo. ¡No tenía vida ni entusiasmo! Si realmente te quería, debía haber pensado antes que nada en tu felicidad y alegrarse de que pudieras ser feliz con alguien más adecuado para ti.

Nevile se volvió. Una leve sonrisa algo sardónica apareció en su cara.

—¡Qué deportista! ¡Cómo jugar en el amor y el matrimonio!

Kay se rio, un tanto ruborizada.

—Bueno, puede que haya ido un poco demasiado lejos. Pero, de todos modos, si la cosa pasó, pasó. ¡Tienes que aceptar los hechos!

Nevile dijo con calma:

—Audrey los aceptó. Se divorció de mí, y así tú y yo pudimos casarnos.

—Sí, ya lo sé...

Kay titubeó.

—Nunca has comprendido a Audrey —señaló Nevile.

—No, es verdad. En cierta forma, Audrey me pone la piel de gallina. No sé qué tiene. Nunca se sabe lo que está pensando. Es bastante escalofriante.

—No digas tonterías, Kay.

—Bueno, a mí me da miedo. Puede que sea porque es inteligente.

—¡Mi boba adorable!

—¡Siempre me llamas eso!

—Porque es lo que eres.

Los dos sonrieron. Nevile se acercó a ella e, inclinándose, la besó en la nuca.

—¡Mi adorable Kay! —murmuró.

—Tu bondadosa Kay —dijo ella—, que se queda sin un estupendo viaje en yate para ser desairada por los estirados y rancios parientes de su marido.

Nevile volvió a sentarse junto a la mesa.

—¿Sabes una cosa? No veo razón que nos impida ir a ese viaje con Shirty si verdaderamente lo deseas tanto.

Kay se enderezó, llena de asombro.

—¿Y de Saltcreek y Gull's Point qué?

—No hay motivo que nos impida ir a Gull's Point a principios de septiembre.

—Pero, Nevile, no es posible que... —Se detuvo.

—No podemos ir ni en julio ni en agosto por los campeonatos —dijo Nevile—. Pero la última semana de agosto terminamos en St. Loo y podremos muy bien ir de allí a Saltcreek.

—Ah, sí. Muy bien, estupendo. Pero yo creía que..., bueno, ella siempre va en septiembre, ¿verdad?

—¿Quieres decir Audrey?

—Sí. Me figuro que podrían librarse de ella, aunque...

—¿Y por qué tendrían que librarse de ella?

Kay le miró como si no pudiera creer lo que oía.

—¿Pretendes que estemos allí al mismo tiempo que ella? Qué idea más extraordinaria.

Nevile replicó irritado:

—No veo que tenga nada de extraordinario. Montones de personas lo hacen en nuestros días. ¿Por qué no podemos ser todos amigos? Eso simplificaría mucho las cosas. Si lo dijiste tú misma el otro día...

—¿Yo lo dije?

—Sí, ¿no te acuerdas? Estábamos hablando de los Howes y dijiste que ese era el modo más inteligente y civilizado de considerar las cosas, y que la nueva esposa de Leonard y su ex eran las mejores amigas del mundo.

—A mí no me importaría. Yo creo que esa es una actitud inteligente. Pero, bueno, no creo que Audrey piense lo mismo.

—Tonterías.

—No, no son tonterías. La verdad es que Audrey estaba enamoradísima de ti... No creo que consintiera algo así.

—Estás completamente equivocada, Kay. A Audrey le parece muy buena idea.

—A Audrey..., ¿qué quiere decir eso de que a Audrey le

parece bien? ¿Cómo es posible que sepas tú lo que piensa Audrey?

Nevile se aclaró la garganta con expresión ligeramente turbada y tímida.

—La verdad es que me encontré con ella ayer mismo en Londres.

—No me lo habías dicho.

—Te lo digo ahora —dijo Nevile irritado—. Fue pura casualidad. Estaba cruzando el parque y ella venía en dirección a mí. No querrías que me escapara de ella corriendo, ¿verdad?

—No, claro que no —contestó Kay sin dejar de mirarle—. Continúa.

—Yo..., los dos..., bueno, nos paramos, naturalmente, y luego yo la acompañé un rato. Me... pareció que era lo menos que podía hacer.

—Continúa.

—Y me preguntó cómo estabas...

—¡Qué amable!

—Y hablamos de ti. Lo cierto es, Kay, que estuvo de lo más amable.

—¡Mi querida Audrey!

—Y entonces se me ocurrió, ¿sabes?, qué estupendo sería que..., que las dos fuerais amigas, que nos reuniéramos todos. Y pensé que a lo mejor podríamos arreglarlo para reunirnos este verano en Gull's Point. Es el lugar donde resultaría de lo más natural.

—¿Se te ocurrió a ti?

—Sí, claro, a mí. Fue todo idea mía.

—Nunca me habías dicho ni una palabra sobre semejante idea.

—Bueno, no hubo ninguna premeditación, se me ocurrió entonces.

—Ya. O sea que tú lo insinuaste y a Audrey le pareció una idea maravillosa, ¿no es así?

Por primera vez, algo en la actitud de Kay pareció penetrar en el entendimiento de Nevile.

—¿Te ocurre algo, preciosa?

—¡No, no, nada! ¡Nada en absoluto! ¿Y no se os ocurrió ni a ti ni a Audrey si a mí esa idea me parecería tan maravillosa como a vosotros?

Nevile se la quedó mirando.

—Pero, Kay, no te comprendo, ¿por qué iba a molestarte?

Kay se mordió los labios.

—Si incluso el otro día dijiste que... —continuó Nevile.

—¡Oh, no empieces con eso otra vez! Hablaba de otras personas, no de nosotros...

—Pues eso fue en parte lo que me dio la idea.

—Tonta que he sido. Pero no lo creo.

Nevile la miraba alarmado.

—Pero, Kay, ¿por qué te molesta? No hay ningún motivo.

—¿No?

—Quiero decir que los celos y todo eso estarían de la otra parte. —Hizo una pausa y continuó con voz visiblemente cambiada—: Mira, Kay, tú y yo hemos tratado a Audrey muy mal. No, no quiero decir eso. Tú no has tenido nada que ver. Yo fui el que la trató mal. Y no sirve de nada decir que no pude evitarlo. Tengo la sensación de que, si esta idea saliera bien, me sentiría más tranquilo. Sería mucho más feliz.

—¿De modo que no has sido feliz? —dijo Kay lentamente.

—No seas tonta, mi vida, ¿qué quieres decir? Claro que he sido feliz, maravillosamente feliz. Pero...

Kay le interrumpió:

—¡Eso, eso: pero! Siempre ha habido un *pero* en esta casa. Una maldita sombra rondando por aquí. La sombra de Audrey.

Nevile la miró sorprendido.

—¿Quieres decir que estás celosa de Audrey?

—No estoy celosa de ella. Le tengo miedo, Nevile. Tú no conoces a Audrey.

—¿Que no la conozco después de haber estado casado con ella más de ocho años?

—No conoces a Audrey —repitió Kay.

30 de abril

—¡Absurdo! —exclamó lady Tressilian. Se incorporó en las almohadas y paseó su mirada enfurecida por la habitación—. ¡Completamente absurdo! Nevile se ha vuelto loco.

—Sí que todo esto parece un poco raro —dijo Mary Aldin.

Lady Tressilian tenía un perfil sorprendente. Cuando se inclinaba como en aquel momento y miraba a lo largo de su delgada nariz de caballete, el efecto era impresionante. Aunque pasaba de los setenta y su salud era delicada, su poderosa inteligencia no había sufrido el menor menoscabo. Bien es cierto que pasaba largos ratos retirada de la vida y sus emociones, descansando con los ojos medio cerrados. Pero salía de estos letargos con las facultades agudizadas hasta el máximo y con una lengua cortante. Sostenida por almohadas en una gran cama colocada en un rincón de su habitación, gobernaba en su corte como una reina de Francia. Mary Aldin, una prima lejana, vivía con ella y la cuidaba. Las dos mujeres se llevaban estupendamente. Mary tenía treinta y seis años, pero era la suya una de esas caras suaves y sin edad que cambian poco con el paso del tiempo. Lo mismo podía haber tenido treinta años que cuarenta y cinco. Tenía una buena figura, un aspecto distinguido y el pelo oscuro, con un mechón blanco que le daba personalidad. Hubo una época en que esos mechones estuvieron de moda, pero el de Mary era natural, lo había tenido desde que era una chiquilla.

Miró con aire pensativo la extraña carta de Nevile, que acababa de entregarle lady Tressilian.

—Sí —repitió—. La verdad es que es un poco raro.

—¡No me digas que la idea es de Nevile! —dijo lady Tressilian—. Alguien se la ha metido en la cabeza. Probablemente esa mujer que tiene ahora.

—¿Crees que ha sido idea de Kay?

—Sería muy propio de ella. ¡Una vulgar advenediza! Si los matrimonios no pueden evitar ventilar en público sus problemas y recurren al divorcio, al menos que se separen como es debido. Eso de que la primera y la segunda mujer sean amigas me parece del peor gusto. Ya no hay decencia en estos tiempos.

—Me figuro que esto será moderno —opinó Mary.

—Pues en mi casa no ocurrirá —aseguró lady Tressilian—. Considero que he hecho cuanto se puede esperar de mí al admitir aquí a esa mujer con las uñas de los pies pintadas de rojo.

—Es la esposa de Nevile.

—Exactamente. Y por lo tanto, creo que Matthew lo hubiera querido así. Quería mucho al chico y siempre deseó que considerara esta casa como su hogar. Como negarse a recibir a su esposa hubiera supuesto una auténtica ofensa, cedí y la invité a venir. No me gusta, es la mujer menos indicada para Nevile. No tiene clase ni solera.

—Es de buena familia —dijo Mary conciliadora.

—¡Mala gente! —afirmó lady Tressilian—. Su padre, como te he dicho, tuvo que abandonar todos sus clubs después de aquel asunto de juego. Afortunadamente, murió poco después. Y su madre era famosa en la Riviera. ¡Menuda educación para la chica! ¡Siempre de hotel en hotel, y con aquella madre! Entonces conoce a Nevile en la pista de tenis, se le mete en la cabeza conquistarlo y no para hasta que consigue que deje a su mujer, a la que él quería muchísimo, y se vaya con ella. ¡Toda la culpa la tiene ella!

Mary sonrió débilmente. Lady Tressilian tenía la característica, muy de otros tiempos, de censurar siempre a la mujer y ser indulgente con el hombre.

—Si somos exactos, yo creo que Nevile tuvo tanta culpa como ella —insinuó.

—Nevile tuvo mucha culpa —concedió lady Tressilian—. Tenía una mujer encantadora que siempre le había querido mucho, quizá demasiado. Sin embargo, si no hubiera sido por la insistencia de esa chica, estoy convencida de que habría recuperado el juicio. Pero ella estaba decidida a casarse con él. Sí, Audrey tiene todas mis simpatías. Yo quiero mucho a Audrey.

Mary suspiró.

—Todo el asunto ha sido muy difícil.

—Sí, desde luego. Uno no sabe cómo portarse en semejantes circunstancias. Matthew quería mucho a Audrey y yo también, y no puedo negar que fue una esposa muy buena para Nevile, aunque fue una pena que no pudiera acompañarle en sus diversiones. Nunca fue deportista. Todo este asunto ha sido de lo más triste. Cuando yo era niña, estas cosas no ocurrían. Los hombres tenían sus asuntos, por supuesto, pero no se les permitía romper con su vida matrimonial.

—Bueno, pues ahora ocurren —dijo Mary llanamente.

—Exacto. Querida, tienes tanto sentido común... No sirve de nada recordar tiempos pasados. Estas cosas ocurren y las chicas como Kay Mortimer les quitan a otras los maridos y nadie piensa mal de ellas.

—¡Excepto las personas como tú, Camilla!

—Yo no cuento. A esa Kay le tiene sin cuidado lo que yo piense de ella. Está demasiado entretenida con sus diversiones. Nevile puede traerla aquí cuando venga e incluso estoy dispuesta a recibir a esos amigos suyos, aunque no me gusta mucho que digamos ese joven de aspecto escandaloso que anda siempre pegado a sus faldas, ¿cómo se llama?

—¿Ted Latimer?

—Eso. Un amigo de su época de la Riviera... Y me gustaría mucho saber cómo se las arregla para vivir como vive.

—De su ingenio —insinuó Mary.

—Eso todavía podría soportarse. Pero yo creo que más bien vive de su aspecto físico. ¡No es un amigo apropiado para la mujer de Nevile! Me desagradó que viniera aquí el año pasado y se alojara en el hotel Easterhead Bay mientras ellos estaban en casa.

Mary miró a través de la ventana abierta. La casa de lady Tressilian estaba situada en lo alto de un acantilado que dominaba el río Tern.[1] En el otro lado del río se hallaba la moderna estación veraniega de Easterhead Bay, consistente en una gran playa, un grupo de bungalós y un hotel, en el promontorio que miraba al mar. Saltcreek era un pintoresco pueblecito de pescadores que se extendía en la ladera de una colina. Conservadora y chapada a la antigua, despreciaba profundamente a Easterhead Bay y a sus veraneantes.

El hotel Easterhead Bay estaba justo enfrente de la casa de lady Tressilian y Mary contempló, a través de la estrecha cinta de agua, un edificio de aspecto moderno y llamativo.

—Me alegro de que Matthew no haya llegado a ver ese edificio tan vulgar —comentó lady Tressilian, que cerró los ojos—. Cuando él vivía, no habían destruido el paisaje.

Sir Matthew y lady Tressilian habían llegado a Gull's Point treinta años antes. Hacía nueve que sir Matthew, gran aficionado a la náutica, se había ahogado casi a la vista de su esposa, cuando se hundió en su bote.

Todo el mundo había supuesto que ella vendería Gull's

1. Véase el plano que figura en la pág. 11.

Point y se marcharía de Saltcreek, pero lady Tressilian no había obrado así. Había continuado viviendo en la casa y su única reacción visible había sido deshacerse del cobertizo y de todos los botes. No había botes en Gull's Point a disposición de los invitados. Tenían que andar hasta el transbordador o alquilar un bote a cualquiera de los boteros que se hacían la competencia en el negocio.

Mary preguntó con un titubeo:

—¿Escribo a Nevile entonces y le digo que lo que propone no encaja en nuestros planes?

—No pienso ni por un momento en impedir la visita de Audrey. Siempre ha venido a esta casa en septiembre y no le pediré que altere sus planes.

Mary volvió a mirar la carta.

—¿Has visto lo que dice Nevile, que Audrey aprueba la idea, que le parece muy bien encontrarse con Kay?

—¡No lo creo! —dijo lady Tressilian—. ¡Nevile, como todos los hombres, cree lo que le conviene!

—Dice que ha hablado con ella de eso —insistió Mary.

—¡Qué raro! No, puede que, después de todo, no lo sea.

Mary la miró con expresión interrogante.

—Como Enrique VIII —dijo lady Tressilian.

Lady Tressilian continuó, pero se expresó mejor al ver la expresión de Mary:

—¡La conciencia! ¿Entiendes? Enrique estaba empeñado en conseguir que Catalina reconociera que el divorcio era algo bueno. Nevile sabe que ha obrado mal... Quiere engañarse a sí mismo. Es evidente que ha tratado de obligar a Audrey a decir que le parece muy bien y que no le importa en absoluto encontrarse aquí con Kay.

—No sé... —dijo Mary con lentitud.

Lady Tressilian le dirigió una mirada penetrante.

—¿Qué es lo que estás pensando, querida?

—Me preguntaba si... —Hizo una pausa y continuó—: ¡Esa carta es tan..., tan impropia de Nevile! ¿No crees que, por algún motivo, Audrey puede desear este..., este encuentro?

—¿Y por qué habría de desearlo? —replicó lady Tressilian, tajante—. Cuando Nevile la dejó, Audrey se fue a casa de su tía, Mrs. Royde, a la rectoría, y pasó una verdadera crisis. Era como el fantasma de sí misma. Es evidente que todo esto la hirió muy profundamente. Es una de esas personas reconcentradas, que se dominan mucho y lo sienten todo con intensidad.

Mary se movió, inquieta.

—Sí, es apasionada. Es una chica rara en muchos aspectos...

—Ha sufrido mucho. Luego pasó lo del divorcio, Nevile se casó con la chica y, poco a poco, Audrey empezó a sobreponerse. Ahora es casi la misma de antes. ¿No creerás que quiere volver a desenterrar viejos recuerdos?

—Nevile dice que sí —señaló Mary sin dar el brazo a torcer.

La anciana la miró con viveza.

—Estás mostrando en este asunto una obstinación extraordinaria, Mary. ¿Por qué? ¿Es que quieres tenerlos aquí juntos?

Mary Aldin enrojeció.

—No, claro que no.

—¿No habrás sido tú, después de todo, la que ha insinuado a Nevile todo esto? —preguntó lady Tressilian con desconfianza.

—¡No seas absurda!

—Bueno, estoy convencida de que la idea no es suya. No es propio de Nevile. —Hizo una pausa y luego su rostro se iluminó—. Mañana es uno de mayo, ¿verdad? Bueno, el día tres Audrey irá a casa de los Darlingtons, en Esbank. De Esbank hasta aquí hay solo veinte millas. Escríbele y dile que venga a comer con nosotras.

—Mrs. Strange, milady.

Audrey Strange entró en el amplio dormitorio, se acercó al lecho, se inclinó para besar a la anciana y se sentó en una silla que estaba dispuesta para ella.

—Me alegro mucho de verte, querida —dijo lady Tressilian.

—Yo también me alegro mucho de verte —respondió Audrey.

Había algo intangible en Audrey Strange. Era de mediana estatura, con las manos y los pies muy pequeños. Su pelo era rubio ceniza y tenía muy poco color en el rostro. Los ojos, bien separados, eran de color gris claro y la naricilla, recta. A pesar de la palidez del rostro, que era bonito, aunque no hermoso, había algo en Audrey que no podía negarse ni pasarse por alto y que hacía que las miradas se fijaran en ella una y otra vez. Era como un fantasma, pero al mismo tiempo daba la impresión de que un fantasma puede poseer mayor realidad que un ser vivo...

Tenía una voz encantadora, suave y clara como el sonido de una campana de plata.

Durante algunos minutos, ella y la anciana hablaron de amigos comunes y de acontecimientos generales. Entonces, lady Tressilian dijo:

—Te he pedido que vengas, querida, no solo por el placer de verte, sino también porque he recibido una carta muy extraña de Nevile.

Audrey alzó la mirada. Sus ojos mostraban una expresión tranquila.

—¿Sí? —dijo.

—Propone una situación completamente absurda, a mi modo de ver: que él y Kay vengan aquí en septiembre. Dice que quiere que tú y Kay seáis amigas y que a ti te parece una buena idea.

—¿Es realmente tan... absurdo?

—Pero, querida, ¿de verdad lo deseas?

Audrey guardó silencio durante un minuto o dos. Luego dijo con suavidad:

—Creo que quizá sería mejor.

—¿De verdad quieres encontrarte con su..., encontrarte con Kay?

—Creo sinceramente, Camilla, que esto podría simplificar las cosas.

—¡Simplificar las cosas!

Lady Tressilian repitió la frase con voz desmayada. Audrey habló muy tranquila:

—¡Querida Camilla, has sido tan buena conmigo! Si Nevile lo quiere...

—¡Me importa un bledo lo que quiera Nevile! —exclamó lady Tressilian con energía—. ¿Lo quieres tú, sí o no?

Las mejillas de Audrey se colorearon ligeramente. Era como el brillo suave de una concha marina.

—Sí. Lo deseo.

—Bien —dijo lady Tressilian—. Bien...

Se detuvo.

—Claro que, naturalmente —añadió Audrey—, eso es cosa tuya. Es tu casa y...

Lady Tressilian cerró los ojos.

—Soy una vieja. Ya nada tiene sentido para mí.

—Claro que yo puedo venir en otra ocasión. A mí me viene bien cualquier fecha.

—Tú vendrás en septiembre, como siempre —saltó lady Tressilian—. Y Nevile y Kay vendrán también. Yo seré vieja, pero me figuro que podré adaptarme como cualquiera a los cambios de la vida moderna. Ni una palabra más, está decidido.

Cerró de nuevo los ojos. Después de unos minutos, atisbó a través de sus párpados semicerrados a la joven que se sentaba a su lado.

—Bien, ¿ya tienes lo que querías? —le preguntó.

Audrey se sobresaltó.

—Sí, sí. Gracias.

—Querida —prosiguió lady Tressilian en voz baja y preocupada—, ¿estás segura de que todo esto no te hará daño? Recuerda lo mucho que querías a Nevile. Esto puede abrir de nuevo viejas heridas.

Audrey tenía la vista fija en sus pequeñas manos enguantadas. Una de ellas, observó lady Tressilian, se agarraba con fuerza al borde de la cama.

Audrey levantó la cabeza. Sus ojos miraban tranquilos y transparentes.

—Todo eso pasó. Pasó por completo.

Lady Tressilian se hundió más profundamente en las almohadas.

—Bueno —dijo—, tú sabrás. Estoy cansada, déjame sola ahora, querida. Mary te está esperando abajo. Dile que envíe a Barrett.

Barrett era la vieja y fiel doncella de lady Tressilian.

Cuando entró en la habitación, encontró a su señora recostada y con los ojos cerrados.

—Cuanto antes me vaya de este mundo, mejor, Barrett —comentó lady Tressilian—. No entiendo a nadie ni nada de lo que pasa en él.

—No diga eso, milady. Está cansada.

—Sí, estoy cansada. Quítame ese edredón de los pies y dame una dosis de mi tónico.

—Es la visita de Mrs. Strange lo que la ha disgustado. Es una señora muy agradable, pero yo digo que no le vendría mal un tónico. No tiene salud. Siempre parece que está viendo cosas que los demás no ven. Aunque tiene mucho carácter. Hace, como si dijéramos, notar su presencia.

—Eso es muy cierto, Barrett. Sí, muy cierto.

—Y tampoco es de la clase de personas a las que se olvida fácilmente. Muchas veces me he preguntado si el señorito Nevile no pensará en ella de cuando en cuando. La segunda Mrs. Strange es muy guapa, muy guapa, verdaderamente. Pero miss Audrey es de las personas a quienes se recuerda cuando no están presentes.

Lady Tressilian opinó con una risita:

—Nevile es tonto por querer reunir a estas dos mujeres. ¡Él será el que lo sentirá!

29 de mayo

Thomas Royde, con la pipa en la boca, observaba a su criado malayo, que, con manos hábiles, estaba haciendo su equipaje. De cuando en cuando, su vista se desviaba hacia la amplia perspectiva sobre las plantaciones. Durante unos seis meses no podría ver aquello que había sido tan familiar para él en los últimos siete años.

Iba a resultarle extraño encontrarse de nuevo en Inglaterra.

Allen Drake, su socio, asomó la cabeza.

—Hola, Thomas, ¿qué tal va eso?

—Todo listo.

—Ven a tomar una copa, bandido. Me tienes muerto de envidia.

Thomas Royde salió con parsimonia de su dormitorio y se reunió con su amigo. No dijo nada, porque Thomas Royde era un hombre extraordinariamente parco en palabras. Sus amigos habían aprendido a interpretar sus reacciones por la calidad de sus silencios.

Era fornido, y tenía un rostro solemne, facciones correctas y unos ojos pensativos y observadores. Andaba un poco de lado, como los cangrejos. Debido en parte a este hecho —resultado de haber quedado aprisionado por una puerta durante un terremoto— se le conocía por el apodo de Cangrejo Ermitaño. El accidente había dejado su brazo y su hombro derecho parcialmente inútiles, lo que, unido a la rigidez de su porte, llevaba a muchos a creer que se sentía torpe y tímido, cuando la realidad era que muy pocas veces le ocurría algo así.

Allen Drake preparó las bebidas.

—Bueno. ¡Buena suerte!

Royde dijo algo que sonó como «¡Ejem!».

Drake lo contempló con curiosidad.

—Flemático como siempre —observó—. No sé cómo te las arreglas. ¿Cuánto hace que no vas a Inglaterra?

—Siete años, casi ocho.

—Mucho tiempo. Me extraña que no te hayas vuelto del todo indígena.

—Puede que sí.

—Tú has pertenecido siempre, más que al género humano, al de nuestros hermanos irracionales, que no pueden hablar. ¿Ya has hecho planes para tu estancia?

—Sí, en parte.

El rostro impasible y bronceado adquirió de pronto un oscuro tinte rojo ladrillo.

Allen Drake exclamó, lleno de asombro:

—¡Creo que hay una chica en todo esto! ¡Maldita sea! Te has puesto colorado.

—¡No seas tonto! —gruñó Royde, y chupó con fuerza su vieja pipa. Rompió todas las normas establecidas cuando continuó por sí mismo la conversación por propia iniciativa—. Creo que encontraré las cosas algo cambiadas.

Allen Drake dijo con curiosidad:

—Siempre me he preguntado el motivo de que no hubieras vuelto a casa la última vez. Cambiaste de idea en el último minuto.

Royde se encogió de hombros.

—Me pareció que aquella cacería sería interesante. Tuve malas noticias de casa por entonces.

—Ah, claro. Lo había olvidado. Tu hermano se mató en aquel accidente de coche.

Thomas Royde asintió.

Drake se hizo la reflexión de que, de todos modos, era una razón extraña para posponer un viaje a la patria. Tenía a su madre y, si no recordaba mal, también una hermana. Lo natural era que, en un caso así... Entonces recordó algo más: Thomas había cancelado el viaje antes de que llegara la noticia de la muerte de su hermano.

Allen miró a su amigo con curiosidad. ¡Perro viejo, el tal Thomas! Después de haber transcurrido tres años ya podía preguntar.

—¿Os llevabais bien tu hermano y tú?

—¿Adrian y yo? Lo corriente. Cada uno de nosotros siguió siempre su propio camino. Él era abogado.

«Sí —pensó Drake—, una vida muy distinta. Salas de justicia en Londres, reuniones, una vida ganada con el uso sutil de la palabra.» Drake se hizo la reflexión de que Adrian Royde debía de haber sido un tipo muy distinto de Thomas el Silencioso.

—Tu madre vive, ¿verdad?

—¿Mamá? Sí.

—Y tienes también una hermana.

Thomas meneó la cabeza.

—Ah, creía que sí. En aquella foto...

Royde farfulló:

—No es mi hermana. Es una prima lejana o algo así. Criada con nosotros porque era huérfana.

De nuevo un tinte rojizo cubrió lentamente la tez bronceada.

Drake pensó: «¡Vaya!».

—¿Estaba casada? —dijo.

—Lo estaba. Con aquel tipo, Nevile Strange.

—¿Ese que juega al tenis y no sé cuántas cosas más?

—Sí. Se divorció de él.

«Y tú vas a Inglaterra a probar suerte con ella», pensó Drake.

Piadosamente, cambió de tema de conversación.

—¿Piensas pescar y cazar?

—Primero iré a casa. Luego creo que iré a Saltcreek, a navegar un poco.

—Conozco Saltcreek. Es un sitio muy bonito. Y hay un hotel antiguo muy aceptable.

—Sí, el Balmoral Court. Puede que vaya al hotel o me quede con unos amigos que tienen casa allí.

—Magnífico.

—¡Ajá! Un lugar muy agradable Saltcreek. Nadie lo atropella a uno.

—Lo sé —dijo Drake—. Es uno de esos lugares donde nunca ocurre nada.

29 de mayo

—¡Es de lo más desagradable! —dijo el anciano Mr. Treves—. Hace veinticinco años que voy al hotel Marina, en Leahead, y ahora, ¿quiere usted creer que van a derribarlo? Van a ampliar la fachada o no sé qué tonterías por el estilo. ¿Por qué no dejarán en paz a estos pueblos costeros? Leahead siempre tuvo un encanto especial, desde los tiempos de la Regencia.

Rufus Lord trató de consolarlo:

—Pero habrá otros lugares a donde ir, ¿verdad?

—Me parece que no podré ir a Leahead. En el Marina, Mrs. Mackay comprendía perfectamente mis necesidades. Todos los años tenía la misma habitación y casi nunca se producían cambios en el servicio. Y la cocina era magnífica, magnífica.

—¿Y por qué no prueba usted con Saltcreek? Hay allí un hotel que está muy bien. El Balmoral Court. ¿Sabe quién lo regenta? Un matrimonio llamado Rogers. Ella fue cocinera del anciano lord Mounthead, que daba las mejores comidas de Londres. Se casó con el mayordomo y ahora tienen este hotel. A mí me parece exactamente lo que usted necesita. Tranquilo, nada de esas orquestas de jazz, ofrecen una cocina y un servicio de primera clase.

—Es una idea... Sí, verdaderamente es una buena idea. ¿Hay terraza cubierta?

—Sí, hay una galería cubierta y una terraza. Puede usted estar al sol o a la sombra, según prefiera. Puedo presentarle a algunas personas de la vecindad si lo desea. Casi puerta con puerta vive la anciana lady Tressilian. Tiene una casa preciosa y ella es encantadora a pesar de estar medio inválida.

—¿Se refiere usted a la viuda del juez?

—La misma.

—Yo conocía a Matthew Tressilian y creo que a ella me la han presentado en alguna ocasión. Una mujer encantadora, aunque, naturalmente, de todo esto hace mucho. Saltcreek está cerca de St. Loo, ¿no es así? Tengo varios amigos por esa parte. Creo que esto de Saltcreek es una gran idea. Escribiré y les pediré información. Quiero ir a mediados de agosto, de mediados de agosto a mediados de septiembre. Supongo que habrá garaje para el coche. ¿Y mi chófer?

—Oh, sí, tiene todas las comodidades.

—Porque, como usted sabe, debo tener cuidado con las escaleras. Preferiría tener las habitaciones en la planta baja, aunque me figuro que habrá ascensor.

—Sí, sí, de todo.

—Me parece que va a solucionar mi problema perfectamente —dijo Mr. Treves—. Y me alegraré mucho de renovar mi amistad con lady Tressilian.

Kay Strange, con unos pantaloncitos cortos y una rebeca de lana color amarillo canario, se inclinaba hacia delante para observar a los jugadores. Se disputaba la semifinal de tenis masculina de St. Loo y Nevile jugaba contra el joven Merrick, considerado la futura estrella de este deporte. Su juego tenía una brillantez innegable y algunos de sus saques eran imposibles de devolver. Pero en ocasiones lanzaba golpes a la red, mientras que la experiencia y veteranía de Nevile se imponían.

El resultado del último set era de empate a tres.

Ted Latimer se deslizó al asiento contiguo al de Kay y observó con voz perezosa e irónica:

—La fiel esposa contemplando cómo su marido se abre paso hacia la victoria.

Kay se sobresaltó.

—¡Me has asustado! No sabía que estabas ahí.

—Siempre estoy ahí. A estas alturas ya deberías saberlo.

Ted Latimer tenía veinticinco años y era extraordinariamente bien parecido, aunque los viejos coroneles poco benévolos solían decir de él: «¡Tiene algo de *dago*!».[2]

Era moreno, lucía un bronceado muy bonito y era un bailarín consumado.

Sus ojos oscuros podían ser muy elocuentes y, como un actor, sabía sacar un gran partido de su voz. Kay lo conocía desde que tenía quince años. Se habían embadurnado y bronceado juntos en Juan-les-Pins, habían bailado y jugado juntos al tenis. Habían sido no solo amigos, sino aliados.

En aquel momento, el joven Merrick sacaba desde el lado izquierdo. Nevile contestó con un revés soberbio, lanzado a la misma esquina del campo.

2. Nombre que dan en Inglaterra y en Estados Unidos a todo extranjero de piel morena. *(N. de la t.)*

—Los reveses de Nevile son buenos —dijo Ted—. Mejor que los *drives*. En cambio, los reveses de Merrick son flojos, y Nevile lo sabe y se aprovecha de ello.

El juego terminó:

—Cuatro tres a favor de Strange.

Se reanudó el partido con el saque de Nevile. El joven Merrick falló una pelota en la red.

—Cinco tres.

—¡Bien por Nevile! —dijo Latimer.

Y entonces el joven se rehízo. Su juego se volvió cauteloso y varió el ritmo de los golpes.

—Ese chico tiene cabeza —añadió Ted—. Y su preparación física es estupenda. Tendremos un gran enfrentamiento.

Lentamente, el joven consiguió empatar a cinco. Y luego volvieron a empatar a siete, y al final ganó por nueve a siete.

Nevile se acercó a la red con una amplia sonrisa, mientras meneaba la cabeza resignado y estrechaba la mano del vencedor.

—La juventud manda —señaló Ted Latimer—. Son diecinueve años contra treinta y tres. Pero te voy a decir por qué Nevile no ha tenido nunca auténtica clase de campeón: sabe perder demasiado bien.

—¡Qué tontería!

—No es una tontería. Nevile es siempre el perfecto deportista. Nunca le he visto perder la sangre fría por no ganar un partido.

—Claro que no —afirmó Kay—. Nadie lo hace.

—¡Sí, sí lo hacen! Todos hemos visto campeones que se dejan llevar por los nervios y defienden su ventaja como desesperados. Pero lo bueno de Nevile es que está dispuesto a asumir la derrota y sonreír. Que gane el mejor y todas esas cosas. ¡Dios mío, cómo odio el espíritu de las escuelas públicas! Gracias a Dios, yo nunca he ido a ninguna.

Kay volvió la cabeza.

—Hablas como un despechado.

—¡Estoy hecho una fiera!

—Me gustaría que no hicieras tan evidente tu desagrado hacia Nevile.

—¿Y por qué habría de gustarme? Me quitó a mi chica.

Sus ojos se detuvieron en ella.

—Yo no era tu chica. Las circunstancias lo impidieron a tiempo.

—Eso es. Entre nosotros no hubo nunca nada.

—Cállate. Me enamoré de Nevile y me casé con él...

—Y él es un chico muy majo y todos contentos.

—Estás tratando de molestarme, ¿verdad?

Al hacer la pregunta, ella volvió la cabeza. Él sonrió y un segundo después ella le devolvió la sonrisa.

—¿Qué tal el verano, Kay?

—Regular. Hemos hecho un viaje estupendo en yate, pero ya me cansa tanto tenis.

—¿Cuánto os queda todavía? ¿Otro mes?

—Sí. Luego, en septiembre, pasaremos quince días en Gull's Point.

—Estaré en el hotel Easterhead Bay —dijo Ted—. Tengo habitación reservada.

—¡Va a ser una reunión encantadora! —dijo Kay—. Nevile y yo, la ex de Nevile y un plantador malayo que ha venido de vacaciones.

—¡Qué divertido!

—Y la cursi de la prima, naturalmente. Trabajando como una esclava para esa vieja antipática y sin recibir nada a cambio porque el dinero es para mí y para Nevile.

—A lo mejor ella no lo sabe... —dijo Ted.

—Eso sería divertidísimo —replicó Kay.

Pero lo dijo con expresión ausente. Bajó la vista hacia la raqueta con la que jugaba distraídamente y, de pronto, contuvo el aliento.

—¡Ay, Ted!

—¿Qué pasa, cielo?

—No sé. Algunas veces..., algunas veces se me pone la piel de gallina. Me entra un miedo horrible y me siento rara.

—Eso no es propio de ti, Kay.

—¿Verdad que no? De todos modos —dijo ella con sonrisa vacilante—, tú estarás en el hotel Easterhead Bay.

—De acuerdo con lo previsto.

Cuando Kay fue a buscar a Nevile a la salida de los vestuarios, su marido comentó:

—Ya veo que ha llegado tu amiguito.

—¿Ted?

—Sí, el perro fiel o, mejor dicho, el lagarto fiel...

—No le tienes simpatía, ¿verdad?

—Me tiene sin cuidado. Si te divierte llevarlo por ahí de la correa, allá tú.

Se encogió de hombros.

—Me parece que estás celoso.

—¿De Latimer?

Su sorpresa era auténtica.

—Se le considera muy atractivo —añadió Kay.

—Y lo es. Tiene ese encanto blando de los sudamericanos.

—Estás celoso.

Nevile le apretó el brazo con cariño.

—No, preciosa, no lo estoy. Puedes tener tus adoradores mansos, toda una corte de ellos, si te apetece. Yo soy el dueño y eso es lo que cuenta.

—Estás muy seguro de ti mismo —dijo Kay con un mohín.

—Claro. Tú y yo somos el Destino. El Destino permitió que nos conociéramos. El Destino nos juntó. ¿Recuerdas cuando nos conocimos en Cannes? Yo seguí hacia Estoril y, de repente, al llegar allí, la primera persona con la que me encuentro es la encantadora Kay. Comprendí que era el Destino y que no había salvación para mí.

—No fue precisamente el Destino —dijo Kay—. ¡Fui yo!

—¿Qué quieres decir con eso de que fuiste tú?

—¡Pues que fui yo! ¿Sabes? Te oí decir en Cannes que ibas a Estoril y le di la tabarra a mamá hasta que la convencí. Y por eso a la primera persona a quien viste al llegar allí fue a Kay.

Nevile la miró con una expresión extraña.

—No me lo habías dicho nunca —dijo con lentitud.

—No, porque no era conveniente para ti. A lo mejor te habrías vuelto más vanidoso. Pero yo siempre he sabido planear bien las cosas. Las cosas no ocurren a menos que uno las provoque. Algunas veces me llamas boba, pero, a mi modo, soy muy inteligente. Yo hago que las cosas ocurran. Algunas veces, para que me salga bien, tengo que planearlo todo con mucha anticipación.

—Debe suponer un considerable esfuerzo mental.

—Sí, ríete todo lo que quieras.

Nevile dijo con una súbita y extraña amargura:

—¿Estoy empezando a conocer a la mujer con la que me he casado? Donde pone «destino», entiéndase Kay.

—No estarás enfadado, ¿verdad, Nevile? —interrogó Kay.

—No, no, claro que no —negó él, distraído—. Estaba pensando que...

10 de agosto

Lord Cornelly, el rico y excéntrico par, estaba sentado ante un monumental escritorio que le producía especial orgullo y satisfacción. Había sido diseñado para su dueño a un precio elevadísimo y todos los demás muebles de la habitación estaban subordinados a él. El efecto era imponente y solo lo estropeaba un poco el inevitable aditamento del propio lord Cornelly, un hombrecillo insignificante y rechoncho, reducido a la mínima expresión por la grandiosidad del escritorio.

En esta escena de esplendor del mundo financiero apareció una secretaria rubia, también en armonía con el lujo de los muebles.

Cruzó la habitación sin hacer ruido y colocó un papel delante del gran hombre.

Lord Cornelly miró el papel.

—¿MacWhirter? ¿MacWhirter? ¿Quién es? Nunca he oído hablar de él. ¿Está citado conmigo?

La secretaria rubia indicó que así era.

—MacWhirter, ¿eh? ¡Oh! ¡MacWhirter! ¡Ese tipo! ¡Claro! ¡Hágale pasar! ¡Hágale pasar enseguida!

Lord Cornelly soltó una risita de gozo. Estaba de muy buen humor. Se recostó en su butaca mientras miraba el rostro austero y serio del hombre a quien había hecho llamar.

—¿Usted es MacWhirter, eh? ¿Angus MacWhirter?

—Así me llamo.

MacWhirter contestaba secamente, muy serio y muy erguido.

—Estaba usted con Herbert Clay, ¿no es verdad?

—Sí.

Lord Cornelly soltó otra risita.

—Lo sé todo de usted. A Clay le retiraron el permiso de conducir porque usted no quiso respaldarlo y jurar que solo iba a veinte millas por hora. ¡Se quedó lívido! —La risita subió de tono—. Nos lo contó en la parrilla del Savoy. «Ese condenado escocés, con su cabezonería», dijo. No había forma de hacerlo callar. ¿Y sabe usted lo que pensaba yo al oírle contar aquello?

—No tengo la menor idea.

MacWhirter hablo sin animación. Lord Cornelly no parecía darse cuenta de ello. Estaba disfrutando con el recuerdo de sus reacciones.

—Yo pensaba para mis adentros: «Un tipo así es lo que me está haciendo falta. Un hombre a quien no puede obligarse a decir mentiras». Yo no le obligaré a decir mentiras. Yo no trabajo de ese modo. Ando por el mundo en busca de hombres honrados, y hay poquísimos.

El pequeño aristócrata soltó una carcajada aguda, con una expresión de alegría en su astuta cara de mono. MacWhirter permaneció impertérrito, sin la menor señal de regocijo.

Lord Cornelly dejó de reírse. La expresión de su rostro se volvió astuta, alerta.

—Si quiere usted un empleo, MacWhirter, tengo uno para usted.

—No me vendría mal —dijo este.

—Es un empleo importante, que solo puede confiársele a un hombre con aptitudes suficientes, y sé que usted las tiene, ya me he enterado, y en quien se pueda confiar por completo.

Lord Cornelly esperó. MacWhirter no dijo ni una palabra.

—Bien, ¿puedo confiar en usted por completo?

MacWhirter contestó fríamente:

—Aunque le dijera que sí, usted no podría estar seguro.

Lord Cornelly se rio.

—Usted me sirve. Es el hombre que andaba buscando. ¿Conoce América del Sur?

Y entró en detalles. Media hora más tarde, MacWhirter se encontraba en la calle después de haber conseguido un trabajo importante, extraordinariamente bien pagado y, además, con porvenir.

El Destino, después de haberle vuelto la espalda, había decidido sonreírle. Pero él no estaba de humor para devolverle la sonrisa. No se sentía lleno de gozo, aunque pensar en la entrevista despertaba su sentido del humor. Había una cierta justicia poética y severa en el hecho de que fueran precisamente las diatribas de su antiguo jefe las que le hubiesen proporcionado su nueva situación de prosperidad.

Debía considerarse un hombre afortunado. No es que le importara. Estaba dispuesto a dedicarse a la tarea de vivir, no con entusiasmo, ni siquiera con satisfacción, sino con un esfuerzo metódico y diario. Siete meses antes había intentado quitarse la vida. La casualidad había intervenido, aunque no se lo agradecía demasiado. Aquella fase había sido superada para siempre. Reconocía que uno no podía quitarse la vida a sangre fría. Tendría que sentir el aguijón de la desesperación, del dolor, el furor o la pasión. Uno no se suicida simplemente porque la vida parezca una ronda monótona de acontecimientos sin interés.

En conjunto, se alegraba de que su trabajo lo llevase fuera de Inglaterra. Embarcaría para América del Sur a fines de septiembre. Las próximas semanas iban a ser muy atareadas. Tenía que reunir el equipo preciso y familiarizarse con los detalles del negocio, bastante complicados.

Pero antes de abandonar el país, dispondría de una semana libre. ¿Qué podría hacer esa semana? ¿Se quedaría en Londres? ¿Se marcharía fuera?

Una idea surgió, confusa, en su mente.

¿Saltcreek?

«Me están dando ganas de ir allí», se dijo MacWhirter. Podía resultar divertido.

19 de agosto

—¡Adiós vacaciones! —se lamentó con enfado el superintendente Battle.

Mrs. Battle se llevó una desilusión pero, después de ser

durante muchos años la esposa de un oficial de policía, estaba acostumbrada a tomarse con filosofía las desilusiones.

—Bueno —dijo—. No tiene remedio. Supongo que será un caso interesante.

—No lo parece —respondió el superintendente Battle—. El ministro de Asuntos Exteriores anda de cabeza. Todos esos chicos altos y delgados corren de aquí para allá, pidiendo silencio cada dos por tres. Se arreglará todo fácilmente y todos tan contentos. Pero no es uno de esos casos que incluiría en mis memorias, suponiendo que se me ocurriera la tontería de escribirlas.

—Podríamos retrasar las vacaciones... —empezó Mrs. Battle, indecisa. Pero su marido la interrumpió categóricamente:

—¡Ni hablar! Tú y las niñas os vais a Britlington; las habitaciones están reservadas desde marzo y sería una pena perderlas. Lo que haré será ir a pasar una semana con Jim cuando esto se acabe.

Jim era el inspector James Leach, sobrino del superintendente Battle.

—Saltington está muy cerca de Easterhead Bay y de Saltcreek —continuó—. Puedo tomar un poco de aire de mar y darme un baño.

Mrs. Battle torció el gesto.

—Más fácil será que Jim te pida que le ayudes en algún caso.

—No tienen casos en esta época del año, como no sea alguna mujer que robe alguna baratija en Woolworth's. Además, Jim no necesita que le agudicen el ingenio.

—Bueno —dijo Mrs. Battle—. Puede que todo salga bien, pero es una pena.

—Son situaciones que nos envía Dios para probarnos —aseguró el superintendente Battle.

Capítulo 2
Blancanieves y Rosa Roja

I

Al bajar del tren en Saltington, Thomas Royde encontró a Mary Aldin esperándolo en el andén.

Recordaba a Mary muy vagamente. Por eso le sorprendió ver que demostraba alegría por verle en su forma eficiente de enfrentarse con las cosas. Lo llamó por su nombre de pila.

—Me alegro mucho de volverte a ver, Thomas. ¡Ha pasado tanto tiempo!

—Os agradezco mucho que me admitáis en vuestra casa. No quisiera ser una molestia.

—Nada de molestias. Al contrario, eres muy bien recibido. ¿Tu mozo es aquel? Dile que traiga las cosas por aquí. Tengo el coche ahí al final.

Las maletas fueron cargadas en el Ford. Mary cogió el volante y Royde se sentó a su lado. Se pusieron en marcha y Thomas observó que conducía muy bien, con habilidad y prudencia, en medio del tránsito y calculando bien las distancias y los espacios.

Saltington estaba a siete millas de Saltcreek. Cuando se encontraron en la carretera, después de haber dejado atrás la pequeña ciudad, Mary Aldin volvió al tema de la visita.

—La verdad, Thomas, es que tu llegada en estos momentos es una bendición. El ambiente en casa es bastante difícil y una persona de fuera, aunque solo sea en parte, nos vendrá muy bien.

—¿Qué ocurre?

Su actitud, según su costumbre, no expresaba curiosidad; era casi indolente. Hizo la pregunta, al parecer, más por cortesía que porque sintiera el menor deseo de ser informado. Esta actitud fue como un sedante para Mary Aldin. Necesitaba hablar con alguien, pero prefería hablar con quien no estuviera demasiado interesado.

—Pues nos encontramos en una situación muy difícil —dijo—. Supongo que sabrás que Audrey está aquí.

Hizo una pausa en espera de una confirmación a su pregunta, y Thomas Royde asintió.

—Y Nevile y su mujer también.

Thomas Royde enarcó las cejas.

—Embarazoso, ¿verdad? —opinó después de unos segundos.

—Sí que lo es. Fue todo idea de Nevile.

Calló en espera de un comentario. Royde no dijo ni una palabra, pero a Mary le pareció advertir en él cierta incredulidad y repitió categóricamente.

—Fue idea de Nevile.

—¿Por qué lo hizo?

Mary levantó las manos del volante durante un momento.

—Una reacción muy moderna. Mucha comprensión y todos amigos. Es la moda. Pero a mí no me parece que esté resultando demasiado bien que digamos.

—No será fácil —señaló Thomas, que añadió a continuación—: ¿Cómo es la segunda mujer?

—¿Kay? Muy guapa, desde luego. Verdaderamente guapa. Y muy joven.

—¿Y Nevile la quiere?

—Ah, sí. Claro que solo hace un año que se han casado.

Thomas Royde volvió con lentitud la cabeza para mirarla, sonriendo ligeramente. Mary se apresuró a decir:

—No quería decir eso exactamente...

—Vamos, Mary. Yo creo que sí...

—Bueno, una no puede dejar de ver que tienen muy poco en común. Sus amistades, por ejemplo... —Se detuvo.

—Se conocieron en la Riviera, ¿verdad? —preguntó Royde—. No estoy muy enterado. Solo conozco los hechos escuetos que me describió mi madre.

—Sí, se conocieron en Cannes, Nevile se sintió atraído. Pero supongo que le habría pasado lo mismo otras veces, de un modo inofensivo. Yo sigo creyendo que, si hubiera dependido únicamente de él, no habría ocurrido nada de eso. Quería mucho a Audrey, ¿sabes?

Thomas asintió.

—No creo que quisiera deshacer su matrimonio —continuó Mary—. Estoy segura. Pero la chica estaba decidida a pescarlo y no paró hasta que él dejó a su mujer. ¿Qué puede hacer un hombre en esas circunstancias? Por supuesto, sentirse halagado.

—Está loca por él, ¿verdad?

—Sí, supongo...

Mary lo dijo con tono inseguro. Su mirada se encontró con la inquisitiva mirada de Thomas y enrojeció:

—¡Qué mala soy! La anda rondando un joven guapo, con pinta de gigoló. Es un antiguo amigo suyo, y algunas veces no puedo por menos que pensar si no habrá influido en todo esto el hecho de que Nevile sea muy rico, distinguido y demás. Tengo entendido que la chica no tenía un céntimo.

Se calló, avergonzada. Thomas Royde se limitó a decir «¡Hum!» con voz preocupada.

—Sin embargo —añadió Mary—, lo más probable es que todo esto sea malicia por mi parte. La chica es muy atractiva y, posiblemente, eso despierta los malos instintos de las solteronas de mediana edad.

Royde la contempló, pensativo, pero su rostro impasible no reaccionó. Después de un par de minutos, preguntó:

—¿A qué se debe exactamente que la situación se haya vuelto tan difícil?

—La verdad es que no tengo la menor idea. Eso es lo raro. Naturalmente, consultamos primero a Audrey y a ella no pareció importarle encontrarse aquí con Kay. Estuvo encantadora. Y no ha dejado de estarlo. Nadie podía haber sido más agradable. Por supuesto, Audrey sabe lo que debe hacer en cada momento. Su comportamiento con los dos es perfecto. Como sabes, es muy reservada y nunca sabes lo que piensa o siente en realidad. Pero, con franqueza, creo que esto no le importa nada.

—No tiene por qué importarle —dijo Thomas Royde. Y añadió, después de una larga pausa—: Después de todo, hace tres años.

—¿Serán capaces de olvidar las personas como Audrey? Quería mucho a Nevile.

Thomas Royde se movió en su asiento.

—Tiene solo treinta y dos años, y le queda toda la vida por delante.

—Sí, ya lo sé. Pero este asunto le hizo mucho daño. Quedó con los nervios deshechos.

—Lo sé. Mi madre me lo contó.

—En cierto modo —dijo Mary—, creo que le hizo bien a tu madre ocuparse de Audrey. La distrajo de su propia pena por la muerte de tu hermano. ¡Lo sentimos todos tanto...!

—Sí, pobre Adrian. Siempre conducía demasiado deprisa.

Se produjo una pausa. Mary sacó la mano para señalar que giraba hacia Saltcreek.

Poco después, mientras bajaban por la estrecha carretera serpenteante, Mary preguntó:

—Thomas, ¿tú conoces bien a Audrey?

—Regular. La he visto muy pocas veces en los últimos diez años.

—Cierto, pero la conociste de niña. Era como una hermana para ti y para Adrian, ¿no es así?

Él asintió.

—¿Estaba..., estaba desequilibrada en algún aspecto? Bueno, no quiero decir lo que parece. Pero tengo la sensación de que algo malo le ocurre ahora. Se muestra tan distante de todo, su equilibrio es extraordinariamente perfecto, aunque me pregunto a veces qué habrá tras la máscara. De cuando en cuando, tengo la sensación de que experimenta alguna emoción fuerte. ¡Y no sé qué es! Sin embargo, creo que no está normal. ¡Hay algo! Me preocupa. En la casa se respira un ambiente que nos afecta a todos. Todos estamos nerviosos y sobresaltados. Pero no sé qué es. Y algunas veces, Thomas, me asusta.

—¿Te asusta?

El tono de duda hizo que ella se rehiciera, soltando una risita nerviosa.

—Parece absurdo, pero eso es lo que quería decir hace un momento. Tu llegada nos hará bien, nos distraerá. Bueno, ya estamos.

Habían doblado el último recodo. Gull's Point estaba construida sobre una plataforma de roca que se asomaba al río. En dos de los lados de la casa, el acantilado, cortado a pico, bajaba hasta el agua. Los jardines y la pista de tenis estaban a la izquierda. El garaje, de construcción más moderna, estaba situado más lejos, al otro lado de la casa.

—Voy a guardar el coche y vuelvo. Hurstall te atenderá.

Hurstall, el anciano mayordomo, recibió a Thomas con la alegría con que se recibe a un viejo amigo.

—Me alegro mucho de verle después de tantos años, Mr. Royde. La señora también se va a alegrar muchísimo.

Le hemos destinado la habitación del este, señor. Los encontrará usted a todos en el jardín, a no ser que quiera ir primero a su habitación.

Thomas meneó la cabeza. Atravesó el salón y se acercó al ventanal que daba a la terraza. Permaneció allí durante unos minutos, observando sin ser visto.

Dos mujeres eran las únicas ocupantes de la terraza. Una de ellas estaba sentada en la esquina de la balaustrada, contemplando el agua. La otra mujer la observaba.

La primera de las dos era Audrey. La otra, supuso, sería Kay Strange. Kay no sabía que la observaban y no se esforzaba en disimular la expresión de su rostro. Puede que Thomas Royde no fuera muy buen observador en lo que se refiere a las mujeres, pero era obvio que Kay Strange odiaba a Audrey Strange.

En cuanto a Audrey, miraba el río y parecía no notar o serle indiferente la presencia de la otra.

Hacía siete años que Thomas no veía a Audrey. La estudió con mucha atención. ¿Había cambiado o no? En caso afirmativo, ¿en qué consistía el cambio?

Había cambiado, decidió. Estaba más delgada, más pálida, su aspecto era más etéreo, aunque había algo más, algo que no podía definir. Era como si estuviera dominándose mediante un gran esfuerzo, vigilando cada uno de sus movimientos y, al mismo tiempo, muy consciente de todo lo que ocurría a su alrededor. Era, pensó, como una persona que oculta un secreto. Pero ¿qué secreto? Sabía algo de lo que le había ocurrido durante los últimos años. Esperaba hallar en ella huellas de su pena y de su fracaso, aunque esto era otra cosa. Era como una niña que, cerrando la mano sobre su tesoro, llama la atención sobre lo que desea ocultar.

Entonces sus ojos se volvieron a la otra mujer, la actual esposa de Nevile Strange. Era hermosa, sí. Mary Aldin tenía razón. También le pareció peligrosa. «No me gustaría que estuviera cerca de Audrey con un cuchillo en la mano...», pensó.

Y sin embargo, ¿qué motivos tenía para odiar a la primera esposa de Nevile? Todo eso estaba más que terminado. Audrey no tenía ya la menor influencia en sus vidas. Se oyeron unos pasos y Nevile apareció, dando la vuelta a la esquina de la casa. Parecía excitado y llevaba una revista ilustrada.

—Aquí está la *Illustrated Review* —dijo—. No he conseguido la otra...

Y entonces dos cosas ocurrieron exactamente en el mismo segundo. Kay dijo: «Ah, bueno, dámela», y Audrey, sin volver la cabeza, extendió la mano, distraída.

Nevile se había parado a medio camino entre las dos mujeres. Se turbó ligeramente y, antes de que pudiera hablar, Kay alzó la voz con un tono de histeria:

—Quiero verla. ¡Dámela, Nevile!

Audrey Strange se sobresaltó, volvió la cabeza, retiró la mano y murmuró, levísimamente confundida:

—¡Oh, perdón! Creía que hablabas conmigo, Nevile.

Thomas Royde vio cómo el color del cuello de Nevile Strange adquiría una tonalidad de ladrillo. Dio tres pasos hacia Audrey y le tendió la revista.

La turbación de Audrey aumentó y dijo titubeando:

—Pero...

Kay retiró su silla con un movimiento brusco. Permaneció de pie unos instantes; luego, girando sobre sus talones, se dirigió al ventanal abierto del salón. Royde no tuvo tiempo de apartarse antes de que ella chocara ciegamente contra él.

El encontronazo la hizo retroceder. Se quedó mirándole mientras él le ofrecía sus disculpas. Thomas vio entonces lo que no había visto antes: los ojos estaban llenos de lágrimas. Lágrimas de rabia, pensó.

—Hola —dijo ella—. ¿Quién es usted? Ah, sí, claro, el hombre de Malasia.

—Sí —dijo Thomas—. Soy el hombre de Malasia.

—¡Cómo me gustaría estar en Malasia! —gritó Kay—. En cualquier sitio menos aquí. ¡Odio esta inmunda y maldita casa! ¡Odio a todas las personas que están en ella!

Las escenas emocionales siempre habían alarmado a Thomas. Miró a Kay con cautela y dijo, nervioso:

—¡Ejem!

—Como no se anden con cuidado mataré a alguien —añadió Kay—. A Nevile o a esa gata descolorida.

Le dio un fuerte empujón y salió del salón golpeando la puerta.

Thomas Royde se quedó paralizado. No sabía qué debía hacer, pero se alegró de que la joven Mrs. Strange se hubiera marchado. Se quedó mirando la puerta que Kay había batido tan violentamente. La segunda Mrs. Strange tenía algo de tigresa.

El ventanal se oscureció y apareció Nevile, que respiraba con cierta agitación.

Saludó distraído a Thomas.

—Ah... Hola, Royde, no sabía que habías llegado. ¿Has visto a mi mujer?

—Ha pasado por aquí hace un minuto —dijo el otro.

Nevile, a su vez, salió por la puerta del salón. Parecía enfadado.

Thomas Royde salió despacio a través del ventanal. No pisaba fuerte y, hasta que estuvo a unos dos metros de distancia, Audrey no volvió la cabeza.

Entonces él vio cómo se abrían de asombro aquellos ojos grises y cómo se separaban los labios. La mujer se bajó de la balaustrada y se acercó a él con las manos extendidas.

—¡Oh, Thomas...! —dijo—. ¡Querido Thomas! ¡Cuánto me alegro de que hayas venido!

En el momento en que cogía entre las suyas las pequeñas manos blancas de Audrey y se inclinaba hacia ella,

Mary Aldin, a su vez, llegó al ventanal. Viéndolos a los dos en la terraza se detuvo, los observó unos segundos y luego, lentamente, dio la vuelta y entró de nuevo en la casa.

II

En el piso de arriba, Nevile encontró a Kay en su dormitorio. La única habitación doble de la casa era la de lady Tressilian. A los matrimonios les daban siempre los dos dormitorios con puerta de comunicación y un pequeño baño en el ala oeste de la casa. Era como una suite aislada.

Nevile cruzó su habitación y entró en la de su mujer. Kay se había echado en la cama. Con la cara llena de lágrimas, gritó airada:

—¡Así que has venido! ¡Ya era hora!

—¿A qué viene todo esto? ¿Te has vuelto loca, Kay?

Nevile habló con tranquilidad, pero las aletas de su nariz indicaban que estaba dominado por su ira.

—¿Por qué le has dado a ella la *Illustrated Review* y no a mí?

—La verdad, Kay, es que eres una chiquilla. Todo este alboroto por un periodicucho sin importancia.

—Se lo has dado a ella y no a mí —repitió Kay con obstinación.

—Bueno, ¿y qué? ¿Qué importancia tiene eso?

—A mí me importa.

—No sé qué te pasa. No puedes comportarte tan histéricamente en una casa que no es la tuya. ¿No sabes cómo comportarte en público?

—¿Por qué se la has dado a Audrey?

—Porque ella la quería.

—También la quería yo, tu mujer.

—Mayor razón para dársela a una mujer mayor que tú y que estrictamente hablando no es pariente.

—Ha quedado por encima de mí. Eso es lo que quería y lo ha conseguido. Tú estabas de su lado.

—Estás hablando como una chiquilla celosa y sin sentido común. Por amor de Dios, domínate y trata de comportarte en público como es debido.

—Como ella, ¿verdad?

Nevile dijo con frialdad:

—En cualquier caso, Audrey sabe comportarse como una señora. No hace escenas.

—Te estás volviendo contra mí. Me odia y se está vengando.

—Escucha, Kay: ¿vas a dejar de ponerte tan estúpidamente melodramática? Me tienes harto con estas tonterías.

—¡Pues vámonos de aquí! Vámonos mañana. ¡Odio esta casa!

—Solo llevamos aquí cuatro días.

—Son más que suficientes. Vámonos, Nevile.

—Mira, Kay, basta ya de este asunto. Hemos venido aquí a pasar quince días y me quedaré quince días.

—Si lo haces —dijo Kay—, te arrepentirás. Tú y tu Audrey. La encuentras maravillosa.

—Yo no creo que Audrey sea maravillosa. Creo que es una persona extraordinariamente agradable y bondadosa a la que he tratado muy mal y que ha sido de lo más generosa e indulgente.

—En eso te equivocas —dijo Kay.

Se levantó de la cama. Su furia había desaparecido y habló seriamente, casi con serenidad.

—Audrey no te ha perdonado, Nevile. Una o dos veces he visto cómo te miraba. No sé qué es lo que habrá dentro de su cabeza, pero hay algo. Es de esas personas que no dejan ver a nadie lo que piensan.

—Es una pena que no haya más personas así —dijo Nevile.

Kay se puso muy pálida.

—¿Lo dices por mí? —replicó con un tono cortante que presagiaba peligro.

—Bueno, no has estado muy reservada que digamos, ¿verdad? Cada vez que sientes mal humor o antipatía hacia alguien, tienes que soltarlo. Te pones y me pones en ridículo.

—¿Algo más?

La voz de Kay era fría como el hielo.

—Sentiría haberte parecido injusto —dijo él en tono igualmente frío—. Pero es la pura verdad. No te dominas mejor que una niña.

—Tú nunca te enfadas, ¿no es así? ¡Eres siempre el caballero dueño de sí mismo y de modales encantadores! No creo que seas capaz de sentir nada en absoluto. Eres un témpano, un condenado témpano de hielo. ¿Por qué no te da un arrebato de vez en cuando? ¿Por qué no me gritas, no me dices palabrotas y me mandas al infierno?

Nevile suspiró. Sus hombros se hundieron.

—¡Que Dios me ampare! —exclamó.

Giró sobre sus talones y salió de la habitación.

III

—Estás exactamente igual que cuando tenías diecisiete años, Thomas Royde —dijo lady Tressilian—. Con la misma mirada de lechuza y hablando tan poco como siempre. ¿Por qué?

Thomas respondió con un tono vago:

—No sé. Nunca he tenido el don de la palabra.

—No te pareces a Adrian. Él, en cambio, hablaba muy bien y con mucho genio.

—A lo mejor es por eso. Siempre dejé que él lo dijera todo.

—¡Pobre Adrian! ¡Prometía tanto!

Thomas asintió.

Lady Tressilian cambió de tema. Le había concedido audiencia a Thomas. Prefería recibir a sus visitantes de uno en uno. De este modo, no se fatigaba y podía concentrar en ellos su atención.

—Llevas aquí veinticuatro horas —dijo—. ¿Qué opinas de nuestra situación?

—¿Situación?

—No te hagas el tonto. Lo haces a propósito. Sabes perfectamente a qué me refiero, al clásico triángulo que se ha formado bajo mi techo.

—Parece que hay cierto roce —comentó Thomas con cautela.

Lady Tressilian sonrió con expresión diabólica.

—Te confieso, Thomas, que me estoy divirtiendo. Yo no deseaba que esto ocurriera. Lo cierto es que he hecho todo lo posible por impedirlo. Nevile se empeñó en ello. Insistió en reunir a esas dos y ahora está recogiendo lo que ha sembrado.

Thomas Royde se movió un poco en su silla.

—Es raro —dijo.

—Explícate —saltó lady Tressilian.

—No habría creído que Strange fuera un tipo de esa clase.

—Es interesante que digas eso. Porque eso fue también lo que pensé yo. No era propio de Nevile. Este, como la mayoría de los hombres, desea evitar cualquier clase de situaciones difíciles o desagradables. Tuve la sospecha entonces de que la idea no podía haber sido en un principio de Nevile. Pero, si no se le ha ocurrido a él, no sé a quién puede habérsele ocurrido. —Hizo una pausa y añadió, alzando ligeramente la voz—: ¿No sería idea de Audrey?

—No, de Audrey no —contestó Thomas en el acto.

—Pues no puedo creer que haya sido idea de esa desgraciada joven, de Kay. A menos que sea una actriz estupenda. ¿Sabes?, en los últimos días casi me ha dado pena ver cómo se desenvuelve.

—No te es muy simpática, ¿verdad?

—No. Me parece que tiene la cabeza vacía y carece del menor equilibrio. Pero, como digo, empieza a darme lástima. Anda por ahí tan atolondrada como una mariposa alrededor de la luz. No sabe de qué valerse para conseguir lo que quiere: mal genio, malos modales, insolencias infantiles, actitudes que ejercen un efecto lamentable en un hombre como Nevile.

Thomas dijo con calma:

—Yo creo que es Audrey la que se encuentra en una situación difícil.

Lady Tressilian le dirigió una mirada aguda.

—Siempre has estado enamorado de Audrey, ¿no es cierto, Thomas?

—Creo que sí —fue la imperturbable respuesta.

—¿Prácticamente desde que erais niños?

Él asintió.

—Y entonces vino Nevile y se la llevó delante de tus narices, ¿no es así?

Thomas se movió en su silla, incómodo.

—Bueno, siempre he sabido que no tenía esperanzas.

—¡Asno! —dijo lady Tressilian.

—Siempre he sido aburrido como una ostra.

—¡Querido Thomas!

—¡El bueno de Thomas! Esa es la actitud de Audrey con respecto a mí.

—«El fiel Thomas» —dijo lady Tressilian—. Te llamaban así, ¿verdad?

Thomas sonrió al escuchar esas palabras, que le traían recuerdos de la infancia.

—¡Qué gracia! Hacía años que no oía esto.

—Puede que ahora te resulte más conveniente —señaló lady Tressilian.

Buscó deliberadamente su mirada y continuó:

—La fidelidad es una cualidad que pueden apreciar los que han pasado por la experiencia de Audrey. La fidelidad de toda una vida, Thomas, algunas veces obtiene su recompensa.

Thomas Royde bajó la vista y manoseó su pipa.

—Con esa esperanza he vuelto —le dijo.

IV

—Aquí estamos todos —dijo Mary Aldin.

Hurstall, el viejo mayordomo, se enjugó la frente. Al entrar en la cocina, Mrs. Spicer, la cocinera, hizo un comentario sobre su expresión.

—Lo cierto es que debo de estar mal —respondió Hurstall—. No sé si me entenderá, pero todo lo que se dice o se hace en esta casa en los últimos tiempos tiene para mí un significado distinto del que parece tener.

Mrs. Spicer no pareció entenderle, por lo que Hurstall continuó:

—Mrs. Aldin, ahora, al sentarse para cenar, ha dicho: «Aquí estamos todos», y me ha dado un vuelco el corazón. Me ha hecho pensar en un domador que tiene muchas fieras en una jaula y entonces la puerta de esta se cierra. De pronto, he sentido como si todos nosotros estuviésemos atrapados en una trampa.

—Me parece, Mr. Hurstall —dijo Mrs. Spicer—, que ha tomado usted algo que le ha sentado mal.

—No es la digestión. Es que todo el mundo está en tensión. La puerta principal ha golpeado hace un momento y Mrs. Strange, nuestra Mrs. Strange, miss Audrey, ha dado un salto como si le hubieran disparado. Es como si, de repente, todos tuvieran miedo de hablar. Y luego rompen a hablar todos a la vez, diciendo lo primero que se les pasa por la cabeza.

—Hay motivos sobrados para que todo el mundo ande aturdido —afirmó Mrs. Spicer—. Dos señoras Strange en la casa... A mí no me parece decente.

En el comedor se había producido uno de aquellos silencios descritos por Hurstall.

Con notable esfuerzo, Mary Aldin se volvió hacia Kay para decirle:

—He invitado a tu amigo Mr. Latimer a cenar con nosotros mañana.

—Ah, muy bien —respondió Kay.

—¿Latimer? ¿Está aquí? —preguntó Nevile.

—Está en el hotel Easterhead Bay —le informó Kay.

—Podríamos ir a cenar allí una noche —dijo Nevile—. ¿Hasta qué hora funciona el transbordador?

—Hasta la una y media —contestó Mary.

—Supongo que habrá baile por las noches.

—La mayoría de los huéspedes son centenarios —comentó Kay.

—No será muy divertido para tu amigo —le dijo Nevile a Kay.

Mary dijo rápidamente:

—Podríamos ir a bañarnos un día a Easterhead Bay. Todavía hace calor y la playa es encantadora.

Thomas Royde dijo en voz baja a Audrey:

—Había pensado en salir a navegar mañana, ¿vienes?

—Me gustaría.

—Podríamos ir todos a navegar —intervino Nevile.

—Creía que habías dicho que ibas a jugar al golf —le recordó Kay.

—Sí, lo había pensado. El otro día estuve fatal con las maderas.

—¡Qué tragedia! —exclamó Kay.

—El golf es un juego trágico —dijo Nevile de buen humor.

Mary le preguntó a Kay si jugaba.

—Sí, pero no muy bien.

—Kay sería muy buena si se esforzara. Es una jugadora nata —apuntó Nevile.

Kay se dirigió a Audrey:

—Tú no practicas ningún deporte, ¿verdad?

—Puede decirse que no. Juego un poco al tenis, pero soy un completo desastre.

—¿Sigues tocando el piano, Audrey? —preguntó Thomas.

Ella meneó la cabeza.

—Ya no.

—Tocabas muy bien —afirmó Nevile.

—Creía que no te gustaba la música, Nevile —comentó Kay con extrañeza.

—No entiendo demasiado —replicó este vagamente—. Siempre me he preguntado cómo se las arreglaba Audrey para alcanzar una octava con esas manos tan pequeñas.

Al decir esto, miraba las manos de Audrey, que colocaba sobre el plato los cubiertos de postre.

Audrey enrojeció un poco y dijo rápidamente:

—Mi dedo meñique es muy largo. Supongo que eso me ayuda.

—Entonces debes de ser egoísta —opinó Kay—. Las personas generosas tienen el dedo meñique corto.

—¿Es cierto eso? —preguntó Mary Aldin—. Entonces yo debo de ser muy generosa. Mirad, mis dedos meñiques son muy pequeños.

—Yo creo que eres muy generosa —afirmó Thomas Royde, contemplándola con expresión pensativa.

Ella se arreboló y continuó deprisa:

—¿Quién es el más generoso de todos nosotros? Vamos a comparar los dedos meñiques. Los míos son más cortos que los tuyos, Kay. Pero Thomas creo que me gana.

—Yo os gano a todos —dijo Nevile—. Mirad.

Y extendió una mano.

—Pero solo en una mano —dijo Kay—. El meñique de tu mano izquierda es pequeño, pero el de la mano derecha es mucho más largo. Y en la mano izquierda está lo que nace contigo y en la derecha lo que has adquirido a lo largo de la vida. De modo que esto significa que has nacido generoso, pero te has ido haciendo bastante egoísta con el paso del tiempo.

—¿Sabes echar la buenaventura, Kay? —preguntó Mary Aldin, extendiendo la mano con la palma hacia arriba—. Una adivina me dijo que tendría dos maridos y tres niños. Tendré que darme prisa.

—Esas crucecitas no son niños —dijo Kay—. Son viajes. Quieren decir que harás tres viajes por agua.

—Tampoco parece probable.

Thomas Royde le preguntó:

—¿Has viajado mucho?

—No, apenas.

Él apreció una nota de pesar en su voz.

—¿Te hubiera gustado hacerlo?

—Más que nada en el mundo.

Thomas, lenta y reflexivamente, se puso a pensar en la vida de ella, siempre al cuidado de una anciana. Una persona tranquila, comprensiva y excelente administradora. Preguntó con curiosidad:

—¿Hace mucho que vives con lady Tressilian?

—Casi quince años. Vine a vivir con ella cuando murió mi padre, que había estado inválido durante varios años.

Y continuó, contestando a la pregunta que adivinó en la mente de él:

—Tengo treinta y seis años. Querías saber eso, ¿verdad?

—Sí, me preguntaba qué edad tendrías —admitió él—. Podrías tener cualquier edad.

—Eso puede tomarse de dos maneras.

—Sí, supongo que sí. No era mi intención molestarte lo más mínimo.

Su mirada pensativa no se apartaba de la cara de Mary. A ella no le molestó, porque era una mirada libre de toda malicia, llena de un interés auténtico. Al ver que los ojos de Thomas se fijaban en su cabello, se llevó la mano al mechón blanco.

—Lo tengo desde muy joven —dijo.

—Me gusta —comentó Thomas sencillamente.

Continuó mirándola. Al fin, ella preguntó con voz ligeramente divertida:

—Bien, ¿cuál es el veredicto?

El rostro curtido de Thomas enrojeció.

—Me figuro que es una descortesía mirar de este modo. Estaba preguntándome cómo serás en realidad.

—Por favor —replicó ella apresuradamente, y se levantó de la mesa. Cuando salía del salón del brazo de Audrey, añadió—: El anciano Mr. Treves también viene a cenar mañana.

—¿Quién es? —preguntó Nevile.

—Trajo una carta de presentación de los Rufus Lord. Es un señor encantador. Está en el Balmoral Court. Tiene el corazón débil y parece muy delicado, pero sus facultades mentales son perfectas y ha conocido a mucha gente interesante. Era abogado o procurador, no recuerdo qué.

—Todo el mundo que viene aquí es terriblemente viejo —se quejó Kay.

Estaba de pie, junto a la lámpara. Thomas estaba mirando en aquella dirección y le concedió el mismo interés lento que dedicaba a todo lo que estaba en su inmediata línea visual.

De súbito se sintió impresionado por su intensa y apasionada belleza. Una belleza de gran colorido, de vitalidad exuberante y triunfante. De ella pasó su mirada a Audrey, pálida y delicada en su vestido gris plateado.

Sonrió para sí y murmuró:

—Rosa Roja y Blancanieves.

—¿Qué? —preguntó Mary Aldin junto a su hombro.

Él repitió las palabras.

—Como en el cuento de hadas.

—Es una descripción muy acertada —señaló Mary.

V

Mr. Treves tomaba su oporto a pequeños sorbitos, saboreándolo. Era un vino muy bueno. Y la cena había sido preparada y servida de un modo perfecto. Era evidente que lady Tressilian no tenía problemas con el servicio.

La casa, además, estaba bien gobernada, a pesar de la invalidez de la señora. Era una pena, quizá, que las señoras no dejaran el comedor a la hora de servir el oporto. Prefería la antigua costumbre. Pero estos jóvenes tenían sus propias costumbres.

Sus ojos se fijaron pensativos en la brillante y hermosa joven esposa de Nevile Strange.

Aquella era la noche de Kay. Su belleza vehemente resplandecía a la luz de las velas que iluminaban la habitación. A su lado, bailándole el agua, Ted Latimer inclinaba hacia ella su cabeza repeinada. Kay se sentía triunfante y segura.

La visión de su vitalidad radiante encendía la sangre del anciano Treves.

¡Juventud! ¡No había nada como la juventud!

No era de extrañar que el marido hubiera perdido la cabeza y dejara a su primera mujer. Audrey estaba sentada a su lado. Una criatura encantadora y una señora, pero era la clase de mujer que invariablemente acaba por ser abandonada, según él sabía por experiencia.

La miró. Tenía la cabeza baja y contemplaba fijamente el plato. Algo en la completa inmovilidad de su actitud sorprendió a Mr. Treves. La miró con mayor atención. ¿En qué estaría pensando? Era encantador su nacimiento de pelo, junto a la oreja nacarina...

Volvió en sí, sobresaltándose levemente al ver que la gente se levantaba. Apresurado, se puso de pie.

En el salón, Kay se dirigió al gramófono y puso un disco de música bailable.

Mary Aldin se disculpó con Mr. Treves:

—Estoy segura de que odia usted el jazz.

—No, nada de eso —mintió cortésmente Mr. Treves.

—¿Podríamos jugar al bridge más tarde? —insinuó ella—. Pero no vale la pena empezar ahora una partida, porque lady Tressilian me parece que está deseando charlar con usted.

—Encantado. ¿Lady Tressilian no se reúne nunca con ustedes aquí abajo?

—No, antes solía bajar en una silla de ruedas. Por eso instalaron el ascensor. Pero en la actualidad prefiere su habitación. Allí puede hablar con quien le plazca; nos cita como una reina que concede una audiencia.

—Muy bien expresado, miss Aldin. Siempre he podido apreciar un toque de realeza en las maneras de lady Tressilian.

En el centro de la habitación, Kay se movía al compás de un ritmo lento.

—Quita de en medio esa mesa, Nevile —dijo.

Su voz era autoritaria, segura. Sus ojos brillaban y tenía los labios separados.

Nevile, obediente, apartó la mesa. Entonces dio un paso hacia ella, pero Kay, intencionadamente, se dirigió hacia Ted Latimer.

—Vamos a bailar, Ted.

Ted la rodeó de inmediato con sus brazos. Bailaron, balanceándose, inclinándose, con movimientos perfectamente sincronizados. Era un espectáculo encantador.

—Hum..., muy profesional —murmuró Mr. Treves.

Mary Aldin retrocedió un poco al oír la palabra. Sin duda Mr. Treves la había empleado sencillamente como señal de admiración. Observó su pequeño e inteligente rostro. Le pareció que miraba con expresión distraída, como si estuviera pensando en sus cosas.

Nevile titubeó un instante y se dirigió luego a Audrey, que estaba de pie junto a la ventana.

—¿Bailas, Audrey?

Su tono era formal, casi frío. Podía decirse que su petición era hecha por pura cortesía. Audrey Strange dudó antes de asentir y dar un paso hacia él.

Mary Aldin hizo algunas observaciones convencionales, a las que Mr. Treves no contestó. Hasta entonces no había dado muestras de sordera y su cortesía era exagerada, por lo que Mary comprendió que algo le interesaba profundamente y lo mantenía absorto. No pudo descubrir si observaba a los bailarines o a Thomas Royde, que estaba solo al otro extremo de la habitación.

Sobresaltándose ligeramente, Mr. Treves dijo:

—Perdóneme, querida señorita, ¿decía usted...?

—Nada. Solo que este mes de septiembre está siendo extraordinariamente bueno.

—Sí, es cierto. En el hotel me han comentado que hace mucha falta lluvia en esta zona.

—Espero que esté usted cómodo.

—Sí, sí, aunque tengo que reconocer que me molestó cuando llegué y vi...

Mr. Treves se interrumpió con brusquedad.

Audrey se había separado de Nevile, diciendo con una risita de disculpa:

—Realmente, hace demasiado calor para bailar.

Se dirigió al ventanal abierto y salió a la terraza.

—¡Idiota, vete detrás de ella! —murmuró Mary. Quería haber hablado en voz baja, pero lo dijo suficientemente alto para que Mr. Treves volviera la cabeza y la mirara asombrado.

Ella enrojeció y se rio avergonzada.

—Estoy pensando en voz alta —se disculpó—. Pero es que me irrita tanto. Él es tan lento.

—¿Mr. Strange?

—No, Nevile no. Thomas Royde.

Thomas Royde se disponía a moverse, pero Nevile, después de una breve pausa, ya había seguido a Audrey.

Durante un momento, la mirada interesada y pensativa de Mr. Treves se detuvo en el ventanal. Luego su atención se centró en los bailarines.

—Baila muy bien ese joven... ¿Latimer ha dicho usted que se llamaba?

—Sí, Edward Latimer.

—Ah, sí, Edward Latimer. Supongo que será un antiguo amigo de Mrs. Strange.

—Sí.

—¿Y de qué vive este..., digamos..., decorativo caballero?

—Pues realmente no lo sé.

—¡Vaya! —dijo Mr. Treves, que se las arregló para añadir una notoria dosis de intención en una palabra tan inocente.

—Está en el hotel Easterhead Bay —continuó Mary.

—Una situación muy afortunada —comentó Mr. Treves. Y, después de una pausa, añadió como en sueños—: Muy interesante la forma de su cabeza. Muy curioso el ángulo desde la coronilla al cuello, no muy visible por el corte de pelo, pero de lo más insólito.

Después de otra pausa continuó, con expresión aún más abstraída:

—Al último hombre a quien vi con una cabeza como esa lo condenaron a diez años de cárcel por un asalto brutal a un anciano joyero.

—No querrá usted decir... —exclamó Mary.

—Nada de eso, nada de eso —dijo Mr. Treves—. Se equivoca usted por completo. No estoy tratando de desacreditar a un invitado suyo. Solo hacía notar que un criminal brutal y cruel puede tener el aspecto de un joven guapo y atractivo. Extraño, pero en realidad así es.

Le dirigió una suave sonrisa.

—¿Sabe usted, Mr. Treves, que me parece que le tengo algo de miedo?

—Tonterías, mi querida señorita.

—Sí, sí, le tengo miedo. Es usted un observador tan agudo...

—Mi vista —dijo Mr. Treves, complacido— no ha perdido nada con los años. —Hizo una pausa y añadió—: De lo que no estoy seguro es de si esto no es una desventaja.

—¿Cómo puede ser una desventaja?

Mr. Treves meneó la cabeza con aire dubitativo.

—A veces se encuentra uno en una situación de gran responsabilidad. No siempre es fácil determinar la línea de acción que debe seguirse.

Hurstall entró llevando la bandeja con el café. Después de pasárselo a Mary y al anciano abogado, se dirigió a Thomas Royde. Luego, siguiendo las indicaciones de Mary, dejó la bandeja en una mesa baja y salió de la habitación.

Kay gritó por encima del hombro de Ted:

—Vamos a terminar esta pieza.

—Le llevaré el suyo a Audrey —dijo Mary.

Se dirigió al ventanal con la taza en la mano. Mr. Treves la acompañó. Al detenerse ella en el umbral, miró por encima de su hombro.

Audrey estaba sentada en la esquina de la balaustrada. A la luz de la luna, su belleza cobraba vida, una belleza de líneas más que de color. La exquisita línea de unión de la mandíbula con la oreja, el modelado suave de la boca y la barbilla, la encantadora configuración de la cabeza y la pequeña nariz recta. Esa belleza, que persistiría cuando Audrey fuera una anciana, no tenía nada que ver con la envoltura carnal, sino que los huesos mismos eran hermosos. El vestido de lentejuelas que llevaba acentuaba el efecto de la luz de la luna. Estaba sentada muy rígida y Nevile Strange, de pie, la miraba.

Este avanzó un paso hacia ella.

—Audrey —dijo—, tú...

Ella se movió un poco y luego se levantó con ligereza, llevándose la mano a la oreja.

—¡Oh! —exclamó—. Mi pendiente. Debe de habérseme caído.

—¿Dónde? Déjame ver...

Los dos se inclinaron a la vez, turbados, tropezando al hacerlo. Audrey se apartó entonces con cierta brusquedad y Nevile exclamó:

—Espera... Mi gemelo, se te ha enganchado en el pelo. No te muevas.

Ella permaneció inmóvil mientras él renegaba con el gemelo.

—¡Oh! ¡Me estás arrancando el pelo! ¡Qué negado eres, Nevile, date prisa!

—Perdona. ¡Qué manos tan torpes tengo!

La luz de la luna era lo bastante clara para que los dos espectadores pudieran ver lo que Audrey no veía: el temblor de las manos de Nevile mientras se esforzaba en dejar en libertad las hebras de cabello rubio.

Pero también la propia Audrey temblaba, como si de golpe sintiera frío.

Mary Aldin dio un salto al oír una voz tranquila que decía a su lado:

—Perdona...

Thomas Royde pasó entre los dos y salió a la terraza.

—¿Me dejas que lo haga yo, Strange? —preguntó.

Nevile se enderezó, y él y Audrey se separaron.

—No es necesario. Ya está.

Nevile estaba muy pálido.

—Estás fría —comentó Thomas a Audrey—. Entra y toma un café.

Audrey volvió con él y Nevile les volvió la espalda para mirar hacia el agua.

—Te traía el café —dijo Mary—. Pero puede que sea mejor que entres.

—Sí —contestó Audrey—. Creo que será lo mejor.

Todos volvieron al salón. Ted y Kay habían dejado de bailar.

La puerta se abrió y una mujer alta y flaca, vestida de negro, entró en la habitación.

—Su señoría les envía sus saludos y tendría mucho gusto en ver a Mr. Treves en su habitación —anunció respetuosamente.

VI

Lady Tressilian recibió a Mr. Treves con evidente satisfacción.

Poco después, los dos se hallaban sumidos en agradables recuerdos y evocando amistades comunes.

Al cabo de media hora, lady Tressilian exhaló un profundo suspiro de complacencia.

—¡Ah! —dijo—. ¡Lo que he disfrutado! No hay nada como cotillear y recordar viejos escándalos.

—Un punto de malicia da sabor a la vida —concedió Mr. Treves.

—Por cierto —preguntó lady Tressilian—, ¿qué opina usted de nuestra versión del eterno triángulo?

Mr. Treves mostró un desconcierto lleno de discreción.

—¿Qué triángulo?

—¡No me diga que no se ha dado cuenta! Nevile y sus dos esposas.

—¡Ah, eso! La actual Mrs. Strange es una joven extraordinariamente atractiva.

—También lo es Audrey —replicó lady Tressilian.

—Tiene encanto, sí —admitió Mr. Treves.

—¿Me va usted a decir —exclamó lady Tressilian— que comprende que un hombre abandone a Audrey, una persona de..., de su distinción, por..., por una Kay?

Mr. Treves contestó con calma:

—Lo comprendo perfectamente. Ocurre con frecuencia.

—¡Qué asco! Si yo fuera hombre, me cansaría muy pronto de Kay y desearía no haber hecho el ridículo de ese modo.

—Eso también ocurre con frecuencia. Esos apasionamientos repentinos —señaló Mr. Treves con un aire muy desapasionado y preciso— rara vez son de larga duración.

—¿Y qué ocurre entonces? —preguntó lady Tressilian.

—Generalmente las..., ¡hum!, partes se reajustan. Con frecuencia, hay un segundo divorcio. El hombre se casa con una tercera, alguien de naturaleza comprensiva.

—¡Tonterías! Nevile no es un mormón, aunque algunos de los clientes de usted lo sean.

—Algunas veces se produce un nuevo matrimonio de los primitivos cónyuges.

Lady Tressilian meneó la cabeza.

—¡Eso no! Audrey tiene demasiado orgullo.

—¿Lo cree usted?

—Estoy segura. No mueva usted la cabeza de ese modo tan irritante.

—Sé por experiencia —dijo Mr. Treves— que las mujeres tienen poco o ningún orgullo en lo que se refiere a asuntos de amor. El orgullo es una cualidad de la que hablan con frecuencia, pero que rara vez aparece en sus actos.

—Usted no comprende a Audrey. Estaba apasionadamente enamorada de Nevile. Demasiado, quizá. Después de que él la dejara por esa chica, aunque no lo culpo a él del todo, pues la chica lo persiguió a todas partes y ya sabe usted cómo son los hombres, Audrey no quiso verle nunca más.

Mr. Treves soltó una tosecita suave.

—Y, sin embargo, está aquí.

—Ah, bueno —dijo lady Tressilian irritada—. No pretendo comprender estas ideas modernas. Supongo que Audrey está aquí para demostrar que no le importa, que no tiene importancia.

—Es muy probable. —Mr. Treves se acarició la mandíbula—. Puede que ella quiera creerlo así.

—¿Quiere usted decir que cree que todavía quiere a Nevile y que...? —preguntó lady Tressilian—. ¡Ah, no! ¡No puedo creer ni por un segundo que usted piense semejante cosa!

—Podría ser —dijo Mr. Treves.

—No lo permitiré —afirmó lady Tressilian—. No lo permitiré en mi casa.

—Está usted inquieta, ¿verdad? —preguntó Mr. Treves con astucia—. Hay tensión en la atmósfera. La he sentido.

—¿Así que también usted la ha notado? —replicó lady Tressilian con viveza.

—Sí. Debo reconocer que estoy desconcertado. Los verdaderos sentimientos de las partes permanecen oscuros, pero, en mi opinión, están ustedes sobre un volcán. La explosión puede sobrevenir de un momento a otro.

—Deje de hablar de explosiones como Guy Fawkes[1] y dígame qué puede hacerse.

Mr. Treves alzó los brazos en ademán de impotencia.

—La verdad es que no sé qué sugerir. Hay, estoy segu-

1. Guy Fawkes fue un revolucionario inglés que intentó volar el Parlamento con explosivos. El 5 de noviembre se tiran cohetes y petardos en Gran Bretaña para rememorar ese complot fallido.

ro, un punto donde se centra todo el problema. Si pudiéramos aislarlo... Pero hay muchas zonas oscuras.

—No tengo intención de pedirle a Audrey que se marche —señaló lady Tressilian—. Por lo que puedo observar, está comportándose de una manera perfecta en esta situación tan difícil. Cortés, pero distante. Su conducta es irreprochable.

—Por completo —asintió Mr. Treves—. Por completo. Pero, de todos modos, está produciendo un efecto notorio en el joven Nevile Strange.

—Nevile —afirmó lady Tressilian— no está portándose bien. Tengo que hablarle de ello. Pero nunca podría echarle de mi casa. Matthew lo consideraba absolutamente como un hijo adoptivo.

—Lo sé.

—¿Sabía usted que Matthew se ahogó aquí? —preguntó la anciana en voz baja.

—Sí.

—A mucha gente le ha extrañado que yo continuara aquí. ¡Qué tontería! Aquí siempre he sentido a Matthew cerca de mí. Toda la casa está llena con su presencia. Me sentiría sola y extraña en cualquier otro lugar. —Hizo una pausa y continuó—: Al principio tenía esperanzas de no tardar mucho en reunirme con él, sobre todo cuando mi salud empezó a flaquear. Sin embargo, al parecer, soy una de esas puertas que chirrían pero resisten, una de esas inválidas perpetuas que no se mueren nunca.

Golpeó la almohada, irritada.

—No me gusta esto, la verdad. Siempre tuve la esperanza de que, cuando llegara mi hora, vendría rápidamente, que podría enfrentarme con la muerte cara a cara, no sentirla venir deslizándose detrás de mí, siempre pegada a mí, obligándome gradualmente a someterme a una afrenta tras otra de nuevas enfermedades. Cada vez más desvalida, cada vez teniendo que depender más de los demás.

—Pero estoy seguro de que depende usted de gente que la quiere mucho. Tiene usted una doncella fiel, ¿no es así?

—¿Barrett? La que le ha traído a usted aquí. Es mi consuelo. Un viejo caballo de batalla, consagrada a mí por completo. Lleva años conmigo.

—Y también tiene usted suerte de contar con miss Aldin.

—Tiene usted razón. Es una suerte tener conmigo a Mary.

—¿Es pariente suya?

—Prima lejana. Es una de esas personas desinteresadas que sacrifican su vida por los demás. Cuidó a su padre, un hombre inteligente, aunque muy quisquilloso. Cuando murió, le pedí que viniera a vivir conmigo y bendigo el día en que lo hizo. No tiene usted idea de lo horribles que son la mayoría de las señoritas de compañía. Unas aburridas y unas nulidades, que la vuelven a una loca con sus estupideces. Se dedican a eso porque no sirven para otra cosa. Tener a una mujer como Mary, inteligente y culta, es maravilloso. Tiene una cabeza privilegiada, un cerebro masculino. Ha leído mucho y bien, y puede hablar de todo. Y para las cosas de la casa vale tanto como para lo intelectual. Dirige perfectamente las cuestiones domésticas y tiene contentos a los criados, no hay peleas ni envidias... No sé cómo se las arregla... Supongo que será cuestión de tacto.

—¿Hace mucho que está con usted?

—Doce años..., no, más. Trece, catorce, algo así. Ha sido un enorme consuelo para mí.

Mr. Treves asintió con un movimiento de cabeza.

Lady Tressilian, que le observaba con los párpados semicerrados, preguntó de pronto:

—¿Qué ocurre? ¿Le preocupa algo?

—Una tontería. Solo una tontería. Es usted muy observadora.

—Me gusta observar a las personas —dijo lady Tressilian—. Siempre adivinaba enseguida lo que pensaba Matthew. —Suspiró y se recostó en sus almohadones—. Ahora tengo que darle las buenas noches. —Era la despedida de una reina y, por tanto, no había en ella nada de descortés—. Estoy muy cansada. Pero ha sido para mí un placer muy grande hablar con usted. Vuelva pronto a verme.

—Puede usted tener la seguridad de que me aprovecharé de sus bondadosas palabras. Solo temo haber hablado demasiado.

—¡Nada de eso! Siempre me fatigo de golpe. Por favor, ¿quiere tocar la campanilla antes de salir de la habitación?

Mr. Treves tiró con cuidado de un anticuado cordón, rematado con una enorme borla.

—Una auténtica reliquia —observó.

—¿Mi campanilla? Sí. No quiero esos timbres eléctricos modernos, la mitad del tiempo están estropeados y llama que te llama. Esto no falla nunca. Suena arriba, en la habitación de Barrett. La campanilla cuelga encima de su cama, de modo que contesta enseguida. Y si hace falta, vuelvo a tirar del cordón.

Al salir de la habitación, Mr. Treves oyó sonar la campanilla por segunda vez y algo que se movía por encima de su cabeza. Levantó la mirada y vio los hilos que corrían a lo largo del techo. Barrett bajó precipitadamente un tramo de escalera y pasó a su lado, para acudir al lado de su señora.

Mr. Treves bajó despacio las escaleras, sin molestarse en tomar el pequeño ascensor para el descenso. Su rostro aparecía contraído en una expresión de incertidumbre.

Los encontró a todos reunidos en el salón. Mary Aldin propuso enseguida una partida de bridge, pero Mr. Treves se negó cortésmente, alegando que pronto tendría que marcharse.

—Mi hotel funciona a la antigua —informó—. Se sobrentiende que nadie está fuera después de las doce de la noche.

—Falta mucho todavía, son las diez y media —dijo Nevile—. Supongo que no le cerrarán la puerta.

—¡Ah, no! Dudo incluso de que cierren la puerta por la noche. La cierran a las nueve, pero todo lo que uno tiene que hacer es girar el picaporte y entrar. La gente de aquí parece muy confiada, aunque me figuro que tendrán razón en creer en la honradez de sus convecinos.

—Desde luego, aquí nadie cierra sus puertas durante el día —comentó Mary—. La nuestra está todo el día abierta de par en par, pero la cerramos por la noche.

—¿Cómo es el Balmoral Court? —preguntó Ted Latimer—. Por fuera parece un edificio espantoso y extraño, típicamente victoriano.

—Hace honor a su nombre —señaló Mr. Treves—. Y ofrece la vieja comodidad victoriana. Buenas camas, buena cocina, espaciosos armarios antiguos, bañeras inmensas con bordes de caoba...

—¿No mencionó usted que algo le había molestado al llegar? —preguntó Mary.

—Ah, sí. Había reservado por carta dos habitaciones en el piso bajo. Padezco del corazón y me han prohibido las escaleras. Cuando llegué, me molestó ver que las habitaciones no estaban disponibles. En su lugar me dieron dos habitaciones muy agradables, tengo que admitirlo, aunque en el piso de arriba. Protesté, pero parece ser que un antiguo huésped que se marchaba a Escocia este mes se enfermó y no ha podido desocupar las habitaciones.

—Supongo que será Mr. Lucan —dijo Mary.

—Sí, creo que ese es su nombre. En semejantes circunstancias tuve que conformarme. Afortunadamente, hay un buen ascensor, así que, en realidad, no he sufrido molestia alguna.

—Ted, ¿por qué no te mudas al Balmoral Court? —intervino Kay—. Estarías mucho más cerca.

—No me parece un sitio para mí.

—Muy cierto, Mr. Latimer —asintió Mr. Treves—. Nada más lejos de su estilo.

Por alguna razón desconocida, Ted Latimer enrojeció.

—No sé qué quiere decir con eso.

Mary Aldin, consciente de la tirantez, se apresuró a hacer un comentario sobre la sensación periodística del momento.

—Han detenido a un hombre en el caso del baúl de esa ciudad del condado de Kent —dijo.

—Es la segunda detención que hacen —manifestó Nevile—. Espero que esta vez hayan acertado con el culpable.

—Puede que aunque sea culpable no puedan retenerlo —opinó Mr. Treves.

—¿Por insuficiencia de pruebas? —inquirió Royde.

—Sí.

—Sin embargo —dijo Kay—, supongo que al final siempre las obtendrán.

—No siempre, Mrs. Strange. Se sorprendería usted si supiera cuántos criminales andan sueltos por el país sin que nadie los moleste.

—¿Porque no han sido descubiertos?

—No solo por eso. Hay un hombre del que la policía sabe que ha asesinado a unos niños —mencionó un caso famoso ocurrido dos años antes—, lo sabe sin sombra de duda, pero no puede hacer nada. Su coartada está respaldada por dos testigos y, aunque es falsa, no puede probarse que lo sea. Y el asesino anda suelto.

—¡Qué horrible! —exclamó Mary.

Thomas Royde vació su pipa y comentó con voz tranquila y reflexiva:

—Eso confirma lo que yo siempre he pensado, que hay

ocasiones en las que está uno autorizado a tomarse la justicia por su mano.

—¿Qué quiere usted decir, Mr. Royde?

Thomas empezó a llenar su pipa. Contemplándose las manos, se explicó con frases entrecortadas:

—Supongamos que conociera usted... un asunto sucio, que supiera que el hombre que lo hizo no es responsable ante la ley, que es inmune al castigo. Entonces, yo sostengo que está uno autorizado para tomarse la justicia por su propia mano.

Mr. Treves dijo con calor:

—Esa es una doctrina de lo más perniciosa, Mr. Royde. Semejante acto no tendría justificación de ninguna clase.

—No veo por qué. Estoy suponiendo que los hechos han sido probados, pero que la ley es impotente.

—Ni siquiera en ese caso podría disculparse que actuara por cuenta propia.

Thomas sonrió con benevolencia.

—No estoy de acuerdo. Si un hombre merece que le retuerzan el pescuezo, no tendría inconveniente en cargar con la responsabilidad de retorcérselo yo mismo.

—Y a su vez se expondría a ser castigado por la ley.

—Debería tener cuidado, naturalmente. Con toda seguridad, tendría que disimular un poco —replicó Thomas sonriente.

—Te descubrirían, Thomas —afirmó Audrey.

—Verdaderamente —insistió Thomas—, no creo que lo consiguieran.

—Hubo un caso una vez... —empezó Mr. Treves, y se detuvo—. Soy muy aficionado a la criminología, ¿saben? —añadió disculpándose.

—Continúe, por favor —dijo Kay.

—Tengo una experiencia bastante amplia sobre casos criminales —añadió Mr. Treves—. De todos ellos, únicamente unos pocos han tenido verdadero interés. La mayoría de los asesinos han sido seres de una lamentable vulgaridad y de muy escasas luces. Sin embargo, podría citarles un caso interesante.

—Sí, por favor —le rogó Kay—. Me gustan los asesinatos.

Mr. Treves comenzó su relato con voz pausada, escogiendo las palabras con sumo cuidado.

—Era un caso relacionado con un niño. Aunque digo niño, no voy a especificar ni su edad ni su sexo. Los hechos fueron los siguientes: dos niños estaban jugando con unos arcos y unas flechas. Uno de ellos tiró una flecha, le dio al otro en un órgano vital y lo mató. Durante la investigación, el niño superviviente estaba como loco, todo el mundo lamentó mucho el accidente y expresó su simpatía por el desgraciado autor del hecho.

Hizo una pausa.

—¿Eso fue todo? —pregunto Latimer.

—Eso fue todo. Un accidente desgraciado. Pero la historia tenía dos caras. Tiempo atrás, un granjero había acertado a pasar por un camino en un bosque cercano. Allí, en un claro, había visto a un niño practicando el tiro con arco.

Hizo una pausa para dejar que la idea calara en la mente de sus oyentes.

—¿Quiere usted decir —preguntó Mary Aldin, incrédula— que no fue un accidente, sino un hecho intencionado?

—No lo sé —dijo Mr. Treves—. Nunca lo he sabido. Pero quedó establecido en la investigación que los niños no tenían práctica en el uso del arco y, en consecuencia, había tirado sin conocimiento, impremeditadamente.

—¿Y no fue así?

—Desde luego, en lo que se refiere a uno de los niños, no fue así.

—¿Y qué hizo el granjero? —dijo Audrey.

—No hizo nada. Nunca he estado seguro de si obró bien

o mal. El futuro de un niño estaba en juego. Pensó que había que concederle el beneficio de la duda.

—Pero ¿usted no tiene la menor duda de lo que realmente ocurrió? —preguntó Audrey.

—Mi opinión personal es que fue un asesinato extraordinariamente ingenioso, un asesinato cometido por un niño y planeado de antemano hasta el menor detalle.

—¿Tenía algún motivo? —quiso saber Latimer.

—Oh, sí, había un motivo. Burlas de niños, palabras molestas; lo suficiente para fomentar el odio. Los niños odian con facilidad.

—Pero esa premeditación... —exclamó Mary.

Mr. Treves hizo una señal de asentimiento.

—Sí, eso de la premeditación es lo peor. Un niño que almacena en su interior la intención de matar, practicando a escondidas, día tras día, y toda la comedia final: el tiro que se falla, la catástrofe, fingir pena y desesperación... Todo fue increíble, tan increíble que, probablemente, no lo hubiera creído el tribunal.

—¿Qué le ocurrió al..., al niño? —preguntó Kay con curiosidad.

—Creo que le cambiaron el nombre —contestó Mr. Treves—. Se consideró aconsejable hacerlo, después de la publicidad del juicio. Ese niño es hoy una persona mayor que se encuentra en algún lugar del mundo. La cuestión es si seguirá teniendo un corazón de asesino.

Y añadió pensativo:

—Hace ya mucho tiempo de esto, pero reconocería a mi pequeño asesino en cuanto lo viera.

—No lo creo —objetó Royde.

—Sí, sí, tenía cierta señal personal... Bueno, no quiero extenderme en este asunto. No es muy agradable que digamos. De verdad, tengo que marcharme.

Se levantó.

—¿No toma antes una copa? —le ofreció Mary.

Las bebidas estaban en una mesa, al otro extremo de la habitación. Thomas Royde, que estaba más cerca de ellas, se adelantó y quitó el tapón de la botella de whisky.

—¿Un whisky con soda, Mr. Treves? ¿Y usted qué va a tomar, Latimer?

Nevile le comentó a Audrey en voz baja:

—Hace una noche preciosa. Vamos un rato fuera.

Ella había estado de pie junto al ventanal, contemplando la terraza iluminada por la luna. Él pasó a su lado y se quedó fuera, esperando. Audrey, sin moverse, se apresuró a menear la cabeza.

—No, estoy bastante cansada. Creo..., creo que me voy a la cama.

Cruzó la habitación y salió. Kay bostezó.

—Yo también tengo sueño. ¿Y tú, Mary?

—Sí, yo también. Buenas noches, Mr. Treves. Thomas, ocúpate de Mr. Treves.

—Buenas noches, miss Aldin.

—Iremos mañana a comer, Ted —dijo Kay—. Podemos bañarnos, si el tiempo sigue como hoy.

—Bien. Te buscaré. Buenas noches, miss Aldin.

Las dos mujeres salieron de la habitación.

Ted Latimer le dijo a Mr. Treves con tono amable:

—Llevo el mismo camino que usted, señor, hasta el transbordador, de modo que paso por el hotel.

—Gracias, Mr. Latimer. Me gustará mucho ir en su compañía.

Mr. Treves, aunque había anunciado su intención de marcharse, no parecía tener prisa. Saboreó su bebida lentamente y se dedicó a obtener información de Thomas Royde sobre las condiciones de vida en Malasia.

Las respuestas de Royde se reducían a monosílabos. Se diría que los detalles de la vida diaria en Malasia eran secretos de Estado, a juzgar por su evidente renuencia a soltar prenda. Parecía hallarse sumido en sus pensamientos, de los que salía con dificultad para contestar a las preguntas que se le hacían.

Ted Latimer se movió, impaciente. Parecía aburrido, nervioso y deseoso de marcharse.

De súbito, los interrumpió:

—Se me olvidaba: le he traído a Kay los discos que quería. Están en el vestíbulo. Voy a buscarlos. ¿Querrá usted decírselo mañana, Royde?

Este asintió con la cabeza y Ted salió de la habitación.

—Ese joven es muy inquieto —murmuró Mr. Treves.

Royde lanzó un gruñido por toda contestación.

—Tengo entendido que es amigo de Mrs. Strange, ¿no es así? —continuó el anciano abogado.

—De Kay Strange —puntualizó Thomas.

Mr. Treves sonrió.

—Sí. Eso quería decir. No sería fácil que fuera amigo de la primera Mrs. Strange.

—Desde luego que no —replicó Royde con énfasis.

Luego, al ver la mirada zumbona de Mr. Treves, añadió, un tanto avergonzado:

—Quiero decir que...

—Sí, sí, comprendo muy bien lo que quiere decir, Mr. Royde. Usted, en cambio, es amigo de Mrs. Audrey Strange, ¿verdad?

Thomas Royde cargó lentamente la pipa. Con la vista fija en su tarea, dijo, o más bien farfulló:

—¡Hum! Sí, casi crecimos juntos.

—Debió de ser una jovencita encantadora.

Thomas Royde dijo algo que sonó como un «ssss».

—Resulta un tanto embarazoso tener a dos señoras Strange en la casa.

—Sí, sí, bastante.

—Una situación difícil para la primera Mrs. Strange.

Thomas Royde enrojeció.

—De lo más difícil.

Mr. Treves se inclinó hacia delante y le espetó:

—¿Por qué ha venido ella, Mr. Royde?

—Bueno, me figuro que... —Thomas hablaba de un modo confuso— seguramente no le gustaría negarse.

—¿Negarse a quién?

Royde, molesto, cambió de postura.

—Bueno, la verdad es que creo que siempre viene aquí en esta época del año, a principios de septiembre.

—¿Y lady Tressilian invitó a Nevile Strange y a su nueva esposa al mismo tiempo?

En la voz del anciano había una nota de cortés escepticismo.

—En cuanto a eso, creo que Nevile la invitó él mismo.

—¿Deseaba entonces esta reunión?

Royde se removió intranquilo y replicó, evitando la mirada del otro:

—Supongo que sí.

—Es curioso.

—Fue una estupidez —afirmó Thomas Royde, dejándose arrastrar hacia frases más largas.

—Algo embarazoso —dijo Mr. Treves.

—Bueno, la gente moderna hace esas cosas —opinó Thomas Royde sin demasiada convicción.

—Me pregunto —prosiguió Mr. Treves— si no habrá sido idea de otra persona.

Royde se le quedó mirando.

—¿De quién podía ser?

Mr. Treves suspiró.

—Hay por el mundo tantos amigos bondadosos, que desean siempre arreglar las vidas ajenas proponiendo líneas de conducta que no están de acuerdo con...

Se interrumpió cuando Nevile Strange entró en la habitación, a través del ventanal. Al mismo tiempo, Ted Latimer apareció por la puerta del vestíbulo.

—Hola, Ted, ¿qué llevas ahí? —preguntó Nevile.

—Unos discos para Kay. Me pidió que se los trajera.

—¿Sí? No me lo había dicho.

Hubo entre los dos un segundo de tirantez. Luego Nevile se acercó despacio a la bandeja de las bebidas y se sirvió un whisky con soda. Parecía nervioso y disgustado, y respiraba con fuerza.

Alguien, al referirse a Nevile en presencia de Mr. Treves, le había llamado «ese bandido afortunado de Strange, que tiene cuanto se puede desear de esta vida». Sin embargo, en aquel momento no parecía nada feliz.

Con la entrada de Nevile, Thomas Royde consideró terminado su papel de anfitrión. Salió de la habitación sin decir buenas noches y a un paso más rápido de lo habitual. Fue casi como una huida.

—Ha sido una velada encantadora —dijo Mr. Treves con cortesía al depositar la copa—. De lo más... instructiva.

—¿Instructiva? —Nevile enarcó las cejas.

—Información sobre Malasia —indicó Ted con una amplia sonrisa—. Es un trabajo duro arrancar respuestas a Thomas el Taciturno.

—Un tipo extraordinario, ese Royde —dijo Nevile—. Creo que ha sido siempre igual. Parece sabio como un búho y todo lo que hace es fumar esa vieja y horrible pipa, escuchar y decir «Hum» y «Ah» de cuando en cuando.

—Si habla poco, puede que piense mucho —opinó Mr. Treves—. Y ahora sí, ya debo marcharme.

—Vuelva pronto a ver a lady Tressilian —le invitó Nevile mientras acompañaba a los dos hombres hasta el vestíbulo—. La anima usted de un modo extraordinario. ¡Tiene tan poco contacto con el mundo exterior! Es maravillosa, ¿verdad?

—Sí que lo es. Una conversadora estupenda.

Mr. Treves se puso con cuidado el abrigo y la bufanda y, después de dar de nuevo las buenas noches, él y Ted salieron juntos.

El Balmoral Court estaba en realidad a unas noventa yardas, en una curva de la carretera. Surgía, nítido e imponente, como la primera avanzada de los edificios del pueblo.

El transbordador que tomaría Ted Latimer estaba a doscientas o trescientas yardas más abajo, en la parte más estrecha del río.

Mr. Treves se detuvo a la puerta del Balmoral Court y extendió la mano.

—Buenas noches, Mr. Latimer. ¿Se queda usted muchos días por aquí?

Ted sonrió, mostrando su resplandeciente dentadura.

—Eso depende, Mr. Treves. No he tenido tiempo de aburrirme... todavía.

—No..., no, me lo supongo. Me figuro que, como la mayoría de los jóvenes de hoy día, lo que más teme usted en el mundo es el aburrimiento. Y, sin embargo, se lo aseguro, hay cosas peores.

—¿Por ejemplo?

La voz de Ted Latimer era suave y agradable, pero en el fondo había algo más, algo difícil de definir.

—Se lo dejo a su imaginación, Mr. Latimer. No pretendo aconsejarle a usted. Los consejos de los vejestorios como yo son siempre recibidos con desprecio. Puede que con razón, ¿quién sabe? Pero a nosotros los chapados a la antigua nos gusta pensar que la experiencia nos ha enseñado algo. Hemos observado muchas cosas a través de toda una vida.

Una nube había ocultado la luna. La calle estaba muy oscura. De la oscuridad surgió una figura masculina que subía la cuesta en dirección a ellos.

Era Thomas Royde.

—Vengo del embarcadero, me apetecía dar una vuelta —dijo de un modo casi ininteligible a causa de la pipa, que apretaba entre los dientes.

—¿Es ese su alojamiento? —le preguntó a Mr. Treves—. Parece que le han dejado fuera.

—No creo —respondió Mr. Treves.

Hizo girar el tirador de bronce y la puerta se abrió.

—Le dejaremos dentro —dijo Royde.

Los tres entraron en el vestíbulo. Estaba escasamente iluminado con una sola bombilla eléctrica. No había nadie a la vista y en el aire flotaban olores de comida, terciopelo polvoriento y cera de muebles.

De repente, Mr. Treves lanzó una exclamación de contrariedad.

En el ascensor, enfrente de ellos, había un letrero que decía:

NO FUNCIONA

—¡Pobre de mí! —se lamentó Mr. Treves—. Es ciertamente enojoso. Tendré que subir todas esas escaleras.

—Mala suerte —señaló Royde—. ¿No hay un ascensor de servicio, un montacargas o algo así?

—Me temo que no. Este se utiliza para todo. Bueno, tendré que tomármelo con calma, eso es todo. Buenas noches a los dos.

Empezó a subir con parsimonia las anchas escaleras. Royde y Latimer le desearon buenas noches y salieron luego a la oscura calle.

Se produjo un corto silencio, pero luego Royde dijo bruscamente:

—Bueno, buenas noches.

—Buenas noches. Hasta mañana.

—Sí.

Ted Latimer bajó a grandes pasos la colina, en dirección al transbordador. Thomas Royde se lo quedó mirando un momento. Luego, lentamente, tomó la dirección contraria, hacia Gull's Point.

La luna apareció por detrás de la nube que la había cubierto y Saltcreek se bañó en luz plateada.

VII

—Parece que estemos en verano —murmuró Mary Aldin.

Ella y Audrey estaban sentadas en la playa, delante del imponente edificio del hotel Easterhead Bay. Audrey llevaba un traje de baño blanco y parecía una delicada figura de marfil. Mary no se había bañado. Un poco más lejos, Kay estaba echada boca abajo, exponiendo al sol su espalda y sus bronceados miembros.

—¡Brrr! —se sentó—. ¡El agua está helada! —exclamó en tono acusador.

—Bueno, estamos en septiembre —dijo Mary.

—Siempre está fría en Inglaterra —afirmó Kay descontenta—. ¡Cómo me gustaría estar en el sur de Francia! Allí sí que hace calor.

Ted Latimer, que estaba algo más allá, murmuró:

—El sol de aquí no es sol de verdad.

—¿No se baña usted, Mr. Latimer? —preguntó Mary.

Kay se rio.

—Ted nunca se mete en el agua. Solo toma el sol, como un lagarto.

Extendió un pie y le empujó. Ted se levantó de un salto.

—Vamos a andar, Kay. Tengo frío.

Se marcharon juntos a lo largo de la playa.

—Como un lagarto... Una comparación poco afortunada —murmuró Mary, siguiéndolos con la vista.

—¿Es así como lo ves tú, como un lagarto? —preguntó Audrey.

—No exactamente. El lagarto da la impresión de ser algo del todo manso. Y yo no creo que él sea manso.

—No —dijo Audrey, pensativa—. Tampoco yo lo creo.

—¡Qué buena pareja hacen! —comentó Mary—. Se parecen en cierto modo, ¿verdad?

—Supongo que sí.

—Les gustan las mismas cosas —continuó Mary—. Tienen las mismas opiniones y emplean el mismo lenguaje. Qué lástima que...

Se detuvo.

Audrey preguntó con rapidez.

—¿Qué?

—Iba a decir, supongo, que es una pena que Nevile y ella se hayan conocido —respondió Mary pausadamente.

Audrey se irguió muy tiesa. Lo que Mary llamaba «la mirada helada de Audrey» había aparecido en su rostro.

—Lo siento, Audrey —se apresuró a decir Mary—. No debería haber dicho eso.

—Preferiría... no hablar de eso, si no te importa.

—Claro, claro. He sido una estúpida. Creía que..., que se te habría pasado.

Audrey volvió pausadamente la cabeza. Con el rostro calmo e inexpresivo, manifestó:

—Te aseguro que no hay nada que superar. No..., no siento nada en absoluto en relación con ese asunto. Deseo..., deseo con todo mi corazón que Kay y Nevile sean ahora y siempre muy felices.

—Eres muy generosa, Audrey.

—No es generosidad. Es..., es la verdad. Pero creo que, bueno, que no conduce a nada darle vueltas al pasado. «Qué pena que haya ocurrido» y todo eso. Este asunto se ha acabado: ¿por qué volver a empezar? Tenemos que continuar viviendo nuestras vidas en el presente.

—Me figuro —dijo Mary sencillamente— que las personas como Kay y Ted me interesan tanto porque, bueno, son tan diferentes de todo y todos los que he conocido en mi vida.

—Sí, lo creo.

—Incluso tú —señaló Mary con repentina amargura— has vivido y has tenido experiencias que probablemente yo nunca tendré. Ya sé que has sido desgraciada, muy desgraciada, pero no puedo menos que pensar que incluso eso es preferible a..., bueno, a nada. ¡Al vacío!

Dijo la última palabra con violento énfasis.

Los grandes ojos de Audrey la miraron con cierta sorpresa.

—Nunca supuse que te sintieras así.

—¿No? —Mary Aldin sonrió como disculpándose—. Este es solo un arranque pasajero de descontento, querida. No era mi intención decir esas cosas.

—No debe de ser muy alegre para ti esta vida —dijo Audrey—. Viviendo aquí con Camilla, aunque sea un encanto. Leyéndole, organizando a los criados, sin salir nunca...

—Tengo casa y comida —afirmó Mary—. Miles de mujeres no tienen ni eso. Y de verdad, Audrey, estoy satisfecha. Tengo —una sonrisa jugueteó por un instante en las comisuras de su boca— mis propias distracciones privadas.

—¿Vicios secretos? —preguntó Audrey, sonriendo a su vez.

—Hago planes —dijo Mary con vaguedad—. Los hago en mi cabeza. Y algunas veces me gusta hacer experimentos con las personas. Me gusta decirles algo y ver si puedo hacerlas reaccionar del modo que espero.

—Casi me estás resultando sádica, Mary. ¡Qué poco sé verdaderamente de ti!

—Ah, eso es del todo inofensivo, un juego de niños.

Audrey preguntó con curiosidad:

—¿Has hecho experimentos conmigo?

—No. Tú eres la única persona cuyas reacciones me han parecido siempre imposibles de prever. Nunca sé lo que estás pensando.

—Puede que sea mejor así —afirmó Audrey con gravedad.

Se estremeció y Mary exclamó:

—Tienes frío.

—Sí, voy a vestirme. Después de todo, estamos en septiembre.

Mary Aldin se quedó sola, contemplando la reverberación del sol en el agua. La marea estaba bajando. Se estiró en la arena y cerró los ojos.

Habían comido bien en el hotel. Todavía había mucha gente, aunque la estación estaba ya muy avanzada. Una mezcla extraña de personas. Bueno, había pasado un día fuera de casa; algo había roto la monotonía diaria. Y había sido un alivio, también, salir de aquella tensión, de aquella atmósfera de tirantez que se respiraba en Gull's Point en los últimos días. Audrey no había tenido la culpa, pero Nevile...

Sus pensamientos se interrumpieron bruscamente con la llegada de Latimer, que se estiró en la arena a su lado.

—¿Dónde ha dejado usted a Kay? —preguntó Mary.

Ted contestó brevemente:

—La ha reclamado su dueño legal.

Algo en el tono de su voz hizo que Mary Aldin se enderezara. Dirigió la vista a Nevile y Kay, que paseaban a la orilla del agua. Luego echó una rápida ojeada al hombre que estaba a su lado.

Siempre le había parecido un hombre sin empuje, extraño, peligroso incluso. Ahora, por primera vez, le pareció vislumbrar a un ser joven y herido.

Pensó: «Estaba enamorado de Kay, muy enamorado, y vino Nevile y se la llevó...».

—Espero que se esté divirtiendo aquí —manifestó con suavidad.

Eran unas palabras convencionales. Mary Aldin rara vez usaba palabras que no fueran convencionales; este era su modo de hablar. Pero, por primera vez, el tono era una oferta de amistad. Ted Latimer respondió en ese mismo tono.

—Probablemente tanto como en cualquier otro sitio.

—Lo siento —dijo Mary.

—A usted en realidad le importa un bledo. Soy un extraño, ¿y qué importa lo que piensen o sientan los extraños?

Ella giró la cabeza para mirar al guapo y amargado joven. Él le devolvió la mirada, desafiante.

—Comprendo —dijo ella lentamente, como si hiciera un descubrimiento—. No nos tiene simpatía.

Él soltó una risita breve.

—¿Esperaba que la tuviera?

—Pues creo que sí —replicó ella, pensativa—. Por supuesto, una da por sentadas muchas cosas. Deberíamos ser más humildes. Sí, estaba convencida de que le caíamos bien. Hemos tratado de recibirle bien, como amigo de Kay.

—¡Sí, como amigo de Kay!

En la interrupción de él había rencor.

Mary dijo con encantadora sinceridad:

—Me gustaría que me dijera usted, de verdad, me gustaría mucho saber por qué nos odia. ¿Qué hemos hecho? ¿Qué tenemos de malo?

Ted Latimer puso mucho énfasis en la respuesta:

—¡Engreídos!

—¿Engreídos?

Mary Aldin hizo la pregunta sin rencor, considerando el cargo como lo haría un juez.

—Sí —concedió—. Comprendo que podamos parecerlo.

—Lo son. Aceptan con la mayor naturalidad todas las cosas buenas de la vida. Se sienten felices, superiores, dentro del cercado, apartados del vulgar rebaño. A las personas como yo nos miran como si perteneciéramos al grupo de animales que están fuera.

—Lo siento.

—Es cierto, ¿verdad?

—No, no del todo. Puede que seamos estúpidos, que nos falte imaginación, pero no tenemos mala intención. Yo misma soy convencional y, aparentemente, supongo, lo que usted llama engreída. Pero por dentro, en realidad, soy humana. Me duele mucho, ahora mismo, que usted se sienta desgraciado, y quisiera poder hacer algo por usted.

—Bueno, si es cierto lo que dice, se lo agradezco.

Se produjo una pausa. Luego Mary preguntó con suavidad:

—¿Ha estado usted siempre enamorado de Kay?

—Siempre.

—¿Y ella?

—Yo creía que sí, hasta que llegó Strange.

—¿Y todavía la quiere usted? —le preguntó Mary con gentileza.

—Yo creía que era evidente.

Después de un momento, Mary añadió con voz queda:

—¿No sería mejor que se marchara de aquí?

—¿Por qué habría de hacerlo?

—Porque estando aquí solo conseguirá sufrir más.

Él la miró y se rio.

—Es usted buena persona —afirmó—. Pero sabe usted muy poco de los animales que rondan por su cercado. En un futuro próximo pueden ocurrir muchas cosas.

—¿Qué clase de cosas? —le interrogó Mary vivamente.

Él se rio.

—Espere y verá.

VIII

Cuando Audrey se hubo vestido, se encaminó a lo largo de la playa hasta un saliente rocoso, donde encontró a Thomas Royde, que fumaba en pipa, exactamente enfrente de Gull's Point, que se asentaba, blanca y serena, al otro lado del río.

Thomas volvió la cabeza al acercarse Audrey, pero no se movió. Ella se sentó a su lado, sin hablar. Permanecieron callados, en ese agradable silencio de las personas que se conocen muy bien.

—¡Qué cerca parece! —dijo Audrey al fin, rompiendo el silencio.

Thomas miró hacia Gull's Point.

—Sí, podríamos volver a casa nadando.

—Con esta corriente no. Camilla tuvo una vez una doncella que era entusiasta de la natación y solía cruzar el río nadando y volver cuando la marea estaba en condiciones apropiadas. Tiene que estar alta o baja, pero cuando está cambiando le lleva a uno derecho a la desembocadura del río. Un día le ocurrió eso a ella, pero afortunadamente no perdió la serenidad y llegó a la orilla, a Easter Point. Agotada, por supuesto.

—No parece que sea peligroso.

—No lo es en este lado. La corriente está en el otro lado. Hay mucha profundidad debajo de los acantilados. El año pasado un hombre quiso suicidarse, se tiró en Stark Head, pero se quedó enganchado en un árbol, a mitad del acantilado, y los guardacostas lo recogieron.

—Pobre diablo —dijo Thomas—. Seguro que no se lo agradeció. Debe de ser horrible decidirte a acabar de una vez y que te salven. Le pone a uno en ridículo.

—Puede que ahora se alegre —indicó Audrey como en sueños.

Se preguntó vagamente dónde estaría el hombre y qué estaría haciendo.

Thomas dio una chupada a la pipa. Volviendo un poco la cabeza, podía ver a Audrey. Observó su expresión grave y absorta, contemplando el agua, las largas pestañas oscuras, que descansaban en la pura línea de la mejilla, la pequeña oreja nacarina...

Esto le recordó algo.

—A propósito, yo tengo tu pendiente, el que perdiste anoche.

Empezó a rebuscar en el bolsillo. Audrey extendió la mano.

—¡Qué bien! ¿Dónde lo has encontrado? ¿En la terraza?

—No. Estaba cerca de las escaleras. Debiste de perderlo al bajar a cenar. Me di cuenta de que no lo tenías en la mesa.

—Me alegro de haberlo recuperado.

Lo cogió. Thomas pensó que era un pendiente desmesurado para una oreja tan pequeña. Los que llevaba ahora también eran demasiado grandes.

—No te quitas los pendientes ni para bañarte. ¿No tienes miedo de perderlos?

—Estos son muy baratos. No me gusta ir sin pendientes, es por esto.

Se tocó la oreja izquierda. Thomas lo recordó:

—¡Ah, sí, desde que te mordió el viejo Bouncer!

Audrey asintió.

Permanecieron en silencio, reviviendo aquel recuerdo de la infancia. Audrey Standish, así se llamaba entonces, una chiquilla de piernas largas, había apoyado la cabeza sobre un perro que tenía una pata enferma. El animal la había mordido muy fuerte y habían tenido que darle un punto. No es que se le notara mucho, ya solo le quedaba una cicatriz diminuta.

—Pero, niña, la señal casi no se ve. ¿Por qué te molesta?

Audrey contestó con evidente sinceridad:

—Es porque... porque no puedo soportar una imperfección.

Thomas asintió. Esto coincidía con lo que sabía de Audrey, con su instintivo deseo de perfección. ¡Ella misma era un producto perfectamente acabado!

—Eres mucho más hermosa que Kay —dijo él de pronto.

Ella se volvió vivamente.

—No, no, Thomas. Kay..., Kay es verdaderamente preciosa.

—Por fuera. No por dentro.

—¿Te refieres —preguntó Audrey con un tono risueño— a la hermosura de mi alma?

Thomas vació la pipa.

—No —dijo—. Me refiero a tus huesos.

Audrey se rio.

Thomas cargó la pipa. Durante unos cinco minutos permanecieron en silencio, pero Thomas miró más de una vez a Audrey, aunque lo hiciera tan discretamente que ella no se diera cuenta. Por último, preguntó en voz baja:

—¿Qué pasa, Audrey?

—¿Qué pasa? ¿Qué quieres decir?

—¿Qué te pasa? Algo te ocurre.

—No, nada. Nada en absoluto.

—Sí, algo hay.

Ella meneó la cabeza.

—¿No quieres decírmelo?

—No hay nada que decir.

—Puede que sea una estupidez, pero tengo que decírtelo. —Hizo una pausa—. Audrey, ¿no puedes olvidarlo todo? ¿No puedes desentenderte de todo? Haz un esfuerzo.

Ella clavó convulsivamente sus manos en la roca.

—No entiendes..., no entiendes nada.

—Sí, querida Audrey, lo entiendo. Eso es precisamente lo que ocurre. Que lo sé todo.

Ella volvió hacia él su pequeño rostro, incrédula.

—Sé perfectamente todo lo que has pasado. Y..., y lo que debe de haber sido para ti.

Audrey se puso pálida; sus labios estaban demacrados.

—Comprendo. No creí que... nadie lo supiera.

—Pues yo lo sé. No, no voy a hablar de ello. Pero lo que quiero que se te grabe bien en la mente es que todo ha pasado, todo está muerto y enterrado.

—Algunas cosas no pueden pasar —dijo ella en voz baja.

—Mira, Audrey, no conduce a nada torturarse con los recuerdos. Te concedo que has pasado por un infierno.

Pero no es bueno dar vueltas y más vueltas a algo en nuestra imaginación. Mira hacia delante, no hacia atrás. Eres muy joven. Tienes que vivir tu vida y la mayor parte de esta vida está delante de ti aún. Piensa en mañana, no en ayer.

Ella le miró con unos ojos muy grandes y muy fijos que no dejaban traslucir sus verdaderos pensamientos.

—Supongamos —dijo— que no puedo hacerlo.

—Debes hacerlo.

Audrey comentó con suavidad:

—Ya me parecía que no comprendías. Supongo que..., que yo no soy completamente normal en algunas cosas.

Él la interrumpió con aspereza.

—¡Tonterías! Tú... —se calló.

—¿Yo qué?

—Estaba pensando en cómo eras de chiquilla, antes de casarte con Nevile. ¿Por qué te casaste con él? Explícamelo.

Audrey sonrió.

—Porque me enamoré de él.

—Sí, sí, ya lo sé. Pero ¿por qué te enamoraste? ¿Qué es lo que te atrajo tanto de él?

Audrey entrecerró los ojos, como si tratara de ver a la chiquilla que había sido, ahora muerta.

—Creo que fue al verle tan «positivo». ¡Era tan opuesto a mí! Yo siempre me sentí como una sombra, no muy real del todo. Nevile era muy real. Y tan contento, tan seguro de sí mismo, tan todo lo que yo no era.

Thomas Royde señaló con amargura:

—Sí, el inglés ideal: buen deportista, modesto, bien parecido, el perfecto caballero que siempre consigue en su vida todo lo que quiere.

Audrey se irguió y se le quedó mirando fijamente.

—Le odias —dijo con lentitud—. Le odias mucho, ¿verdad?

Él desvió la mirada; se volvió para proteger entre sus manos una cerilla y encender la pipa, que se había apagado.

—No tendría nada de extraño que así fuera, ¿no crees? —replicó confusamente—. Tiene todo lo que a mí me falta. Practica deportes, y nada, y baila, y habla. Yo, en cambio, soy un idiota, torpe de lengua y con un brazo inútil. Él siempre ha sido brillante y ha tenido éxito en todo, y yo he sido siempre aburrido como una ostra. Y se casó con la única chica que he querido.

Ella dejó escapar un sonido ahogado.

—Lo has sabido siempre, ¿verdad? —añadió él con furia—. Sabías que te quería desde que tenías quince años y que todavía te quiero.

Ella le interrumpió.

—No, ahora no.

—¿Qué quieres decir con ahora no?

Audrey se puso de pie y contestó con voz serena y reflexiva:

—Porque ahora soy diferente.

—¿Diferente en qué sentido?

Audrey respondió rápidamente y como si le faltase el aliento:

—Si no lo sabes, no puedo decírtelo... Yo misma nunca estoy segura. Lo único que sé...

Se interrumpió y, volviéndose con brusquedad, se encaminó a paso rápido por las rocas, en dirección al hotel.

Al dar la vuelta a un recodo del acantilado, se encontró con Nevile. Estaba estirado en el suelo cuan largo era y miraba algo en un charco de la roca. Levantó la vista y sonrió.

—Hola, Audrey.

—Hola, Nevile.

—Estoy observando un cangrejo. Es un animalito de lo más activo. Mira, aquí está.

Ella se inclinó y miró donde él decía.

—¿Lo ves?

—Sí.

—¿Quieres un cigarrillo?

Ella aceptó y él le dio fuego. Después de unos segundos, durante los cuales ella no le miró, Nevile dijo, nervioso:

—Oye, Audrey.

—Di.

—Todo va bien, ¿verdad? Quiero decir entre nosotros.

—Sí, sí. Claro.

—Quiero decir que somos amigos, ¿no es cierto?

—Ah, sí. Claro que sí.

La miró, anhelante. Ella sonrió, nerviosa.

—Ha sido un día estupendo, ¿no crees? —continuó él con ganas de hablar—. Ha hecho tan buen tiempo y todo ha resultado tan bien.

—Sí, sí.

—Hace mucho calor para estar en septiembre.

Se produjo una pausa.

—Audrey...

Ella se levantó.

—Tu mujer te llama. Te está haciendo señas.

—¿Quién? Ah, Kay.

—He dicho tu mujer.

Nevile se puso de pie y se quedó mirando a Audrey.

—Tú eres mi mujer, Audrey...

Ella giró sobre sus talones. Nevile bajó corriendo a la playa para reunirse con Kay.

IX

Cuando llegaron a Gull's Point, Hurstall salió al vestíbulo y se dirigió a Mary:

—Señorita, haga el favor de subir inmediatamente junto a su señoría. Está muy disgustada y quería verla tan pronto como llegase.

Mary subió corriendo las escaleras. Encontró a lady Tressilian muy pálida y conmocionada.

—Querida Mary, me alegro muchísimo de que hayas vuelto. Estoy disgustadísima. Se ha muerto el pobre Mr. Treves.

—¿Que ha muerto?

—¡Sí, es horrible! ¡Tan de repente! ¡Al parecer, ni siquiera llegó a desnudarse anoche! Debió de darle un colapso nada más llegar al hotel.

—¡Vaya, lo siento!

—Ya sabíamos que estaba delicado. Tenía el corazón débil. Espero que no ocurriera nada aquí que lo alterara. ¿No sería demasiado fuerte la cena?

—Creo que no..., no, estoy segura de que no. Parecía encontrarse muy bien y de muy buen humor.

—Realmente, estoy disgustadísima. Mary, quisiera que fueses al Balmoral Court y le hicieras unas preguntas a Mrs. Rogers, a ver si podemos hacer algo. Y el funeral. Por la memoria de Matthew, me gustaría hacer todo lo que se pueda. Estas cosas son tan fastidiosas en un hotel...

Mary habló con firmeza:

—Querida Camilla, no debes preocuparte así, de verdad. Esto ha sido un golpe para ti.

—Desde luego que sí.

—Iré al Balmoral Court y luego te contaré lo que haya.

—Gracias, querida Mary, eres tan práctica y tan comprensiva.

—Por favor, ahora trata de descansar. Estos golpes son muy malos para ti.

Mary Aldin salió de la habitación y bajó las escaleras. Al entrar en el salón, exclamó:

—Se ha muerto el pobre Mr. Treves. Murió anoche, al llegar a su habitación.

—¡Pobre hombre! —dijo Nevile—. ¿De qué ha muerto?

—Del corazón, al parecer. Le dio un colapso nada más llegar al hotel.

Thomas Royde comentó pensativo:

—Me pregunto si fueron las escaleras las que acabaron con él.

—¿Las escaleras? —Mary le miró interrogante.

—Sí. Cuando Latimer y yo lo dejamos, empezaba a subirlas. Le dijimos que subiera despacio.

Mary exclamó:

—¡Pero qué tontería más grande no coger el ascensor!

—El ascensor estaba estropeado.

—Ah, ya. ¡Qué mala suerte! ¡Pobre señor! —Y añadió—: Voy a acercarme allí ahora. Camilla quiere saber si podemos hacer algo.

—Voy contigo —dijo Thomas.

Juntos bajaron la carretera hasta el Balmoral Court.

—Puede que tenga parientes a quienes notificar la noticia —observó Mary.

—No mencionó a ninguno.

—No, y la gente suele hacerlo. Dicen «mi sobrino» o «mi primo».

—¿Estaba casado?

—Creo que no.

Entraron en el Balmoral Court. Miss Rogers, la propietaria, estaba hablando con un hombre alto, de mediana edad, que saludó amistosamente a Mary levantando la mano.

—Buenas tardes, miss Aldin.

—Buenas tardes, doctor Lazenby. Este es Mr. Royde. Venimos de parte de lady Tressilian para ver si podemos hacer algo.

—Muy amable por su parte, miss Aldin —dijo la dueña del hotel—. Pasemos a la sala, si les parece bien.

Entraron todos en la confortable salita y el doctor Lazenby dijo:

—Mr. Treves cenó anoche con ustedes, ¿no es así?

—Sí.

—¿Qué aspecto tenía? ¿Parecía disgustado por algo?

—No, parecía hallarse de muy buen humor y muy alegre.

El doctor asintió.

—Sí, eso es lo malo de estas dolencias del corazón. Casi siempre el fin es inesperado. He echado una ojeada a las medicinas que tenía arriba y parece evidente que su salud era muy precaria. Tendré que ponerme en contacto con su médico de Londres, por supuesto.

—Se cuidaba mucho —señaló Mrs. Rogers—. Y pueden estar seguros de que le hemos atendido en todo cuanto hemos podido.

—Estoy completamente seguro de ello, Mrs. Rogers —respondió el doctor con diplomacia—. Habrá hecho algún pequeño esfuerzo y eso fue suficiente para producirle la muerte.

—Como subir las escaleras —apuntó Mary.

—Sí, eso podría haberle ocasionado la muerte. En realidad, es casi seguro que le hubiera matado, caso de subir a pie los tres tramos. Pero no haría semejante cosa...

—Oh, no —intervino Mrs. Rogers—. Siempre utilizaba el ascensor. Siempre. Era muy puntilloso a este respecto.

—Quiero decir —dijo Mary— que como el ascensor estaba estropeado anoche...

Mrs. Rogers la miró sorprendida y confusa.

—¡Pero si el ascensor no estaba estropeado anoche, miss Aldin!

Thomas Royde tosió.

—Perdone. Yo acompañé anoche hasta aquí a Mr. Treves. En el ascensor había un cartel que decía: «No funciona».

Mrs. Rogers le miró de hito en hito.

—Eso sí que es raro. Hubiera jurado que el ascensor no estuvo estropeado. A decir verdad, estoy segura de que no lo estaba. Lo habría sabido. No le ha ocurrido nada al ascensor, déjeme tocar madera, desde..., bueno, desde hace más de año y medio. Es un ascensor muy seguro.

—Puede que el portero o el chico que se ocupa de él pusiera el cartel al dejar el servicio —insinuó el doctor.

—Es un ascensor automático, doctor, no hace falta nadie para manejarlo.

—Ah, sí, es cierto. Lo había olvidado.

—Le preguntaré a Joe —dijo Mrs. Rogers, y salió apresuradamente de la habitación llamando—: ¡Joe, Joe!

El doctor Lazenby miró a Thomas con curiosidad.

—Perdone, ¿está usted absolutamente seguro, míster..., hum?

—Royde —intervino Mary.

—Absolutamente seguro —afirmó Thomas.

Mrs. Rogers volvió con el portero. Joe aseguró con firmeza que nada le había ocurrido al ascensor la noche anterior. Tenía un cartel como el que Thomas había descrito, pero estaba arrinconado debajo del escritorio y no lo había usado desde hacía más de un año.

Todos se miraron unos a otros y estuvieron de acuerdo en que aquello era muy misterioso. El doctor opinó que debía de ser una broma pesada de alguno de los huéspedes.

En respuesta a las preguntas de Mary, el doctor Lazenby explicó que el chófer de Mr. Treves le había dado la dirección de unos abogados, que iba a ponerse en comunicación con ellos y que iría a ver a lady Tressilian para preguntarle qué debía hacerse respecto al funeral.

Luego el activo y agradable doctor salió precipitadamente, y Mary y Thomas volvieron despacio a Gull's Point.

—¿Estás del todo seguro de haber visto el cartel, Thomas? —dijo Mary.

—Lo vimos los dos, Latimer y yo.

—¡Qué cosa más extraordinaria!

X

Era 12 de septiembre.

—Solo faltan dos días —exclamó Mary Aldin. Luego se mordió el labio, sonrojándose.

Thomas Royde la miró, pensativo.

—¿Son esos tus sentimientos?

—No sé qué me ocurre —respondió Mary—. Nunca en mi vida había deseado tanto que se marchara una visita. Generalmente lo pasamos muy bien con Nevile... Y con Audrey también.

Thomas asintió.

—Pero esta vez —continuó Mary—, se siente uno como si estuviera sentado encima de dinamita. En cualquier momento puede explotar todo. Por eso, lo primero que me he dicho esta mañana ha sido: «Solo faltan dos días». Audrey se marchará el miércoles, y Nevile y Kay, el jueves.

—Y yo el viernes —dijo Thomas.

—Ah, a ti no te cuento. Has sido un gran apoyo. No sé lo que hubiera hecho sin ti.

—He sido algo así como un parachoques viviente, ¿verdad?

—Más que eso. Has sido tan bueno, tan..., tan tranquilizante. Parece ridículo, pero es el mejor modo de expresar lo que siento.

Thomas parecía sentirse complacido, aunque ligeramente turbado.

—No sé por qué nos hemos vigilado tanto entre nosotros —añadió Mary pensativa—. Después de todo, si hubiera habido un..., un estallido, habría resultado desagradable y embarazoso, aunque nada más.

—Pero tú crees que ha habido algo más, ¿verdad?

—Ah, sí. Nos dominaba a todos un sentimiento de temor. Lo sentían incluso los criados. La ayudante de la cocinera se ha echado a llorar esta mañana y se ha despedido sin ninguna razón. La cocinera está sobresaltada. Hurstall anda con los nervios de punta y hasta Barrett, que suele estar tan tranquila como un..., como un acorazado, ha dado muestras de nerviosismo. Y todo porque a Nevile se le ocurrió la ridícula idea de que su primera y su segunda mujer se hicieran amigas, para tranquilizar así su propia conciencia.

—Una ingeniosa idea que ha fallado por completo —observó Thomas.

—Por completo. Kay está casi fuera de sí. Y la verdad es que no puedo dejar de comprenderla. —Hizo una pausa—. ¿Te fijaste en cómo miró Nevile a Audrey anoche, cuando ella subía las escaleras? Todavía la quiere, Thomas. Todo este asunto ha sido un incomprensible error de lo más trágico.

Thomas empezó a llenar su pipa.

—Que lo hubiera pensado antes —afirmó con aspereza.

—Sí, ya lo sé. Eso es lo que suele decirse. Pero no altera el hecho de que todo ha sido una tragedia. Nevile me da pena.

—Las personas como Nevile... —empezó Thomas, pero se detuvo.

—¿Qué?

—Las personas como Nevile se creen que pueden conseguirlo todo a su manera. No creo que Nevile haya tenido en su vida el menor tropiezo hasta que se encontró con Audrey. Bueno, pues ya tiene un tropiezo. No puede conseguir a Audrey, está fuera de su alcance. No le sirve de nada preocuparse. Tiene que aguantarse, ya que la cosa no tiene remedio.

—Puede que tengas razón, pero es muy duro lo que dices. Audrey estaba tan enamorada de Nevile cuando se casó con él y se habían llevado siempre tan bien.

—Bueno, ya no está enamorada de él.

—No lo sé —murmuró Mary en voz baja.

Thomas continuó:

—Y te diré otra cosa: Nevile haría bien en vigilar a Kay. Es una joven peligrosa, muy peligrosa. Cuando se encoleriza, no se detiene ante nada.

—¡Dios mío! —suspiró Mary, y luego, volviendo a su anterior observación, dijo llena de esperanza—: Bueno, solo faltan dos días.

Durante los últimos días, la situación había sido muy difícil. La muerte de Mr. Treves había impresionado mucho a lady Tressilian, repercutiendo en su salud. El funeral había tenido lugar en Londres, de lo que Mary se alegró, ya que de este modo la anciana señora pudo dejar de pensar enseguida en el triste acontecimiento. Los criados habían estado muy nerviosos y difíciles, y Mary se sentía aquella mañana en extremo cansada y muy desanimada.

—También tiene la culpa el tiempo —dijo en voz alta—. No es normal.

Lo cierto era que el tiempo había sido extraordinariamente cálido para septiembre. Durante varios días, el termómetro había registrado 21 grados a la sombra. Entretanto, Nevile salió perezosamente de la casa y se unió a ellos.

—¿Criticando el tiempo? —preguntó con una ojeada al cielo—. Es increíble. Hoy hace más calor que nunca. Y ni pizca de viento. Le excita a uno. Pero creo que pronto tendremos lluvia. Hoy es un día demasiado tropical, no puede durar.

Thomas Royde se había levantado silenciosamente y había desaparecido tras la esquina de la casa.

—El sombrío Thomas desaparece —dijo Nevile—. No puede decirse que encuentre el menor placer en mi compañía.

—Es un sol —le defendió Mary.

—No estoy de acuerdo. Es un tipo lleno de prejuicios y de una mentalidad muy estrecha.

—Creo que siempre tuvo la esperanza de casarse con Audrey. Y entonces llegaste tú y lo desbancaste.

—Él hubiera tardado siete años en decidirse a pedirle que se casara con él. ¿Es que pretendía que la pobre chica lo esperase mientras se decidía?

—Puede que todo se arregle ahora —señaló Mary, pensativa.

Nevile la miró y enarcó una ceja.

—La recompensa del verdadero amor, ¿verdad? ¿Casarse Audrey con ese tipo? Vale demasiado para eso. No, no puedo imaginarme a Audrey casada con el tétrico Thomas.

—Yo creo que ella le quiere mucho, Nevile.

—¡Qué casamenteras sois las mujeres! ¿No puedes dejar que Audrey disfrute un poco de su libertad?

—Desde luego que sí, si es que realmente disfruta de ella.

Nevile se apresuró a decir:

—¿Crees que no es feliz?

—No tengo la menor idea.

—Ni yo —dijo Nevile con lentitud—. Nunca se sabe lo que Audrey está pensando. —Hizo una pausa y continuó—: Pero Audrey es una aristócrata de los pies a la cabeza. Es una gran persona.

Después añadió, más para sí mismo que para Mary:

—¡Dios mío, qué estúpido he sido!

Mary entró en la casa, bastante preocupada. Por tercera vez se repitió a sí misma las consoladoras palabras: «Solo faltan dos días».

Nevile deambuló inquieto por las terrazas y el jardín. Al final del jardín encontró a Audrey, sentada en el murete que miraba al río, crecido con la marea alta.

Ella se levantó enseguida y se dirigió a él.

—Iba a volver a casa ahora mismo. Es casi la hora del té.

Habló deprisa y nerviosa, sin mirarle.

Él empezó a andar a su lado, sin hablar. Solo al llegar a la terraza, preguntó:

—¿Puedo hablar contigo, Audrey?

Ella se apresuró a contestar, asiéndose con fuerza al borde de la balaustrada.

—Será mejor que no.

—Eso significa que sabes lo que quiero decirte.

Ella no contestó.

—¿Por qué no, Audrey? ¿No podemos volver a empezar, olvidar todo lo que ha pasado?

—¿Incluso a Kay?

—Kay comprenderá —dijo Nevile.

—¿Qué quieres decir?

—Eso, sencillamente. Iré y le diré la verdad. Me entregaré a su generosidad. Le diré, y es cierto, que tú eres la única mujer a la que he querido.

—Querías a Kay cuando te casaste con ella.

—Mi matrimonio con Kay ha sido el error más grande que he cometido en mi vida. Yo...

Se calló. Kay había salido del salón por el ventanal. Se encaminó hacia ellos y, ante la cólera de su mirada, incluso Nevile retrocedió un poco.

—Siento interrumpir esta conmovedora escena —le manifestó Kay—. Pero he creído que había llegado el momento de hacerlo.

—Os dejo —anunció Audrey, que se alejó. Ni su voz ni su rostro mostraban la menor expresión.

—Muy bien —le espetó Kay—. Ya has hecho todo el daño que querías hacer, ¿verdad? Más tarde me entenderé contigo. Ahora quiero tratar el asunto de una vez con Nevile.

—Escucha, Kay, Audrey no tiene en absoluto nada que ver con esto. No es culpa suya. Repróchame a mí si quieres...

—Claro que quiero —replicó Kay, que miró a Nevile

con ojos llameantes de furia—. ¿Qué clase de hombre te crees que eres?

—Un pobre desgraciado —respondió Nevile con amargura.

—Dejas a tu mujer, me persigues a mí como un loco, consigues que tu mujer te conceda el divorcio. En un minuto pierdes la cabeza por mí y en un minuto te cansas de mí. Ahora me figuro que querrás volver con esa gata paliducha, llorona y falsa.

—¡Basta ya, Kay!

—Bueno, ¿qué es lo que quieres?

Nevile estaba muy pálido.

—Seré todo lo despreciable que quieras, pero no hay nada que hacer, Kay. No puedo continuar así. Creo, realmente, que no he dejado de querer a Audrey. Mi amor por ti fue..., fue un arrebato de locura. Pero esto no tiene arreglo, querida, tú y yo no nos entendemos. Acabaría por hacerte desgraciada. Créeme, Kay, es mejor terminar de una vez. Vamos a separarnos como amigos. Sé generosa.

Kay preguntó con una tranquilidad marcadamente engañosa:

—¿Qué es exactamente lo que insinúas?

Nevile no la miró, pero adelantó la barbilla con obstinación.

—Podemos divorciarnos. Puedes divorciarte de mí por abandono.

—Todavía no. Tendrás que esperar.

—Esperaré —dijo Nevile.

—Y luego, después de tres años o el tiempo que señale la ley, pedirás a tu querida y monísima Audrey que se case contigo otra vez, ¿no es así?

—Sí, si me quiere.

—¡Ya lo creo que te quiere! —afirmó Kay con saña—. ¿Y se puede saber, al menos, qué pinto yo en todo esto?

—Tendrás libertad para encontrar a un hombre mejor

que yo. Naturalmente, me ocuparé de que no te falte de nada.

—¡No trates de sobornarme! —Kay elevó la voz, perdiendo por completo el dominio de los nervios—. Escúchame, Nevile: no puedes hacerme esto. No me divorciaré de ti. Me casé contigo porque te quería. Ya sé cuándo empezaste a volverte contra mí. Fue cuando te dije que te había seguido a Estoril. Tú querías que todo hubiera sido obra del Destino. Tu vanidad sufrió al saber que había sido yo. Bueno, no me avergüenzo de lo que hice. Te enamoraste de mí y te casaste conmigo, y no voy a consentir que vuelvas con esa gata taimada que te ha echado el gancho otra vez. ¡Eso es lo que ella quería, pero no lo conseguirá! Antes te mato, ¿lo oyes? ¡Te mato! Y a ella también. Os mataré a los dos. Os...

Nevile se acercó a ella y la cogió por un brazo.

—Cállate, Kay. Por amor de Dios. No puedes montar aquí una escena así...

—¿Que no puedo? Ya lo verás. Yo...

Hurstall salió a la terraza. Su rostro mostraba la impasibilidad más completa.

—El té está servido en el salón —anunció.

Kay y Nevile se dirigieron lentamente al salón.

En el cielo, las nubes se amontonaban.

XI

A las siete menos cuarto empezó a llover. Nevile contemplaba la lluvia desde la ventana de su habitación. No había continuado su conversación con Kay. Después del té, habían procurado evitarse.

Aquella noche la cena fue muy poco natural y difícil. Nevile estaba ensimismado. Kay iba mucho más maquillada que de costumbre. Audrey parecía un fantasma helado.

Mary Aldin hizo todo lo que pudo por mantener un simulacro de conversación y se sintió ligeramente irritada contra Thomas Royde por no ayudarla más.

Hurstall estaba nervioso y le temblaban las manos al servir las verduras. Cuando la comida tocaba a su fin, Nevile dijo con estudiada indiferencia:

—Creo que voy a acercarme a Easterhead después de cenar para ver a Latimer. Podemos jugar una partida de billar.

—Llévate la llave —le recordó Mary—, por si vuelves tarde.

—Sí, gracias.

Se dirigieron al salón, donde estaba servido el café.

Las noticias de la radio fueron acogidas como una grata distracción.

Kay, que había estado bostezando aparatosamente desde la cena, anunció que se iba a la cama; tenía dolor de cabeza.

—¿Tienes aspirinas? —preguntó Mary.

—Sí, gracias.

Kay salió de la habitación.

Nevile sintonizó en la radio un programa musical. Estuvo sentado en el sofá, silencioso, durante un rato. No miró a Audrey ni una sola vez, sino que se acurrucó, como un niño pequeño y desgraciado. En contra de su deseo, Mary sintió pena por él.

—Bueno —dijo Nevile—. Será mejor que me marche ya. —Se levantó.

—¿Te llevas el coche o vas en el transbordador?

—En el transbordador. No vale la pena dar una vuelta de quince millas. Me apetece andar un poco.

—¿Sabes que está lloviendo?

—Sí. Tengo una gabardina. —Se encaminó hacia la puerta—. Buenas noches.

En el vestíbulo, Hurstall le abordó.

—Por favor, señor, ¿quiere usted subir a ver a lady Tressilian? Tiene un notorio interés en verle.

Nevile echó una ojeada al reloj. Eran ya las diez.

Se encogió de hombros y subió las escaleras, para encaminarse por el pasillo hacia la habitación de lady Tressilian. Llamó a la puerta. Mientras esperaba a que le diera autorización para entrar, oyó las voces de los demás en el vestíbulo. Al parecer, todos se iban a acostar temprano aquella noche.

—Adelante —dijo la voz clara de lady Tressilian.

Nevile entró y cerró la puerta.

Lady Tressilian lo tenía todo dispuesto para la noche. Todas las luces estaban apagadas, con excepción de una lamparita para leer, colocada junto a la cama. Había estado leyendo, pero en aquel momento dejó el libro y miró a Nevile por encima de las gafas. Era una mirada impresionante.

—Quiero hablarte, Nevile —dijo.

A su pesar, Nevile sonrió débilmente.

—Sí, señora maestra —dijo.

Lady Tressilian no sonrió.

—Hay ciertas cosas que no estoy dispuesta a tolerar en mi casa, Nevile. No tengo el menor deseo de escuchar las conversaciones privadas de los demás, pero si tú y tu mujer os empeñáis en gritar debajo de las ventanas de mi habitación, no puedo evitar escucharlas. Creo que estabais trazando un plan según el cual Kay se divorciaría de ti y tú, a su debido tiempo, te volverías a casar con Audrey. Nevile, no puedes hacer algo así y no quiero volver a oír hablar de ello.

Nevile parecía esforzarse en dominar su ira.

—Te pido perdón por la escena —manifestó cortante—. En cuanto a lo demás, es asunto mío.

—No, no lo es. Has utilizado mi casa para ponerte en contacto con Audrey o, si no, Audrey la ha utilizado para...

—Ella no ha hecho semejante cosa. Ella...

Lady Tressilian le interrumpió levantando una mano.

—Sea como fuese, no puedes hacerlo, Nevile. Kay es tu esposa. Tiene ciertos derechos, de los que no puedes privarla. En este asunto, estoy por completo de su parte. Tienes que atenerte a las consecuencias de tus actos. Ahora te debes a Kay y te digo con franqueza...

Nevile avanzó un paso.

—Esto no es asunto tuyo... —insistió alzando la voz.

—Y lo que es más —continuó lady Tressilian con dignidad, sin hacer caso—: Audrey se marchará mañana...

—¡No puedes hacer eso! ¡No lo consentiré!

—¡No me grites, Nevile!

—¡Te digo que no lo consentiré!

En el pasillo, una puerta se cerró.

XII

Alice Bentham, la doncella de ojos violáceos, se acercó a Mrs. Spicer, la cocinera, ligeramente turbada.

—Ay, Mrs. Spicer, no sé qué hacer.

—¿Qué pasa, Alice?

—Es miss Barrett. Le he llevado su taza de té hace más de una hora. Estaba dormida como un leño y no se ha despertado, pero no he querido hacer nada. Y entonces, hace cinco minutos, he vuelto a la habitación, porque no había bajado y el té de su señoría estaba ya preparado y esperando que se lo llevara. Así que he vuelto y está tan dormida que no puedo despertarla.

—¿La has zarandeado?

—Sí, Mrs. Spicer. Le he movido la cabeza, pero sigue igual, echada allí, y tiene un color tan horrible...

—¡Jesús! No estará muerta, ¿verdad?

—No, no, porque la he oído respirar, aunque respira de un modo muy raro. Creo que está enferma o algo así.

—Bueno, subiré a verla yo misma. Llévale el té a su señoría. Será mejor que prepares otro. Se estará preguntando qué habrá ocurrido.

Alice obedeció y Mrs. Spicer subió al segundo piso.

La doncella subió cargada con la bandeja y llamó a la puerta de lady Tressilian. Después de haber llamado dos veces sin obtener respuesta, entró en la habitación. Un segundo más tarde se oyó un estrépito de cacharros rotos y una serie de gritos de horror, y Alice salió atropelladamente y bajó las escaleras, para encontrarse con Hurstall, que cruzaba el vestíbulo en dirección al comedor.

—¡Ay, Mr. Hurstall! Han entrado ladrones y su señoría está muerta, asesinada, con un gran agujero en la cabeza y sangre por todas partes...

Capítulo 3
Una refinada mano italiana

I

El superintendente Battle había disfrutado mucho de sus vacaciones. Todavía le quedaban tres días y le contrarió un poco que el tiempo cambiara y empezase a llover. Pero después de todo, ¿qué se podía esperar en Inglaterra? Y hasta entonces, había sido extraordinariamente afortunado.

Estaba desayunando con el inspector James Leach, su sobrino, cuando sonó el teléfono.

—Voy enseguida, señor —dijo Jim, y colgó el teléfono.

—¿Algo grave? —preguntó el superintendente Battle al ver la expresión del rostro de su sobrino.

—Un asesinato. Lady Tressilian, una señora anciana muy conocida. Estaba inválida. Vivía en aquella casa de Saltcreek, al borde del acantilado.

Battle asintió.

—Voy a ver al viejo. —De este modo tan escasamente respetuoso se refería Leach al jefe de policía—. Era amigo de ella. Vamos a ir juntos.

Mientras se encaminaba hacia la puerta añadió suplicante:

—Me echarás una mano en esto, ¿verdad, tío? Nunca he tenido un caso así.

—Lo haré mientras esté aquí. Robo con allanamiento, ¿no es así?

—Todavía no lo sé.

II

Media hora más tarde el comandante Robert Mitchell, jefe de policía, hablaba con expresión grave al tío y al sobrino.

—Todavía es muy pronto para decirlo, pero una cosa parece clara: esto no ha sido obra de un extraño. No falta nada, ni hay señales de que haya sido forzada ninguna entrada. Todas las puertas y ventanas han aparecido cerradas esta mañana.

Miró directamente a Battle.

—Si pidiera ayuda a Scotland Yard, ¿cree que le encargarían a usted el caso? Ya que está aquí. Y además está su parentesco con Leach. Claro, suponiendo que a usted no le importe. Esto significaría poner fin a sus vacaciones.

—No importa —dijo Battle—. En cuanto a Scotland Yard, señor, tendrá que proponérselo a sir Edgar. —Sir Edgar Cotton era el subjefe de la institución—. Pero tengo entendido que es amigo suyo, ¿verdad?

Mitchell asintió.

—Sí, creo que no tendré problemas con Edgar. De acuerdo. Entonces llamaré ahora mismo.

Cogió el teléfono.

—Póngame con Scotland Yard —le pidió a la operadora.

—¿Cree usted que será un caso importante, señor? —preguntó Battle.

Mitchell replicó con expresión grave:

—Es un caso en el que no queremos que exista posibilidad de error. Tenemos que estar completamente seguros de nuestro hombre... o de nuestra mujer, por supuesto.

Battle asintió. Comprendió que había algo tras aquellas palabras.

«Cree saber quién lo hizo —pensó—. Y la perspectiva no le hace muy feliz. Que me cuelguen si no se trata de alguien muy conocido y respetado.»

III

Battle y Leach se quedaron en el umbral de la puerta del dormitorio de lady Tressilian, una habitación hermosa y bien amueblada. En el suelo, un policía examinaba con cuidado un palo de golf, en busca de huellas dactilares. La cabeza del palo estaba manchada de sangre y tenía pegados uno o dos cabellos blancos.

Junto a la cama, el doctor Lazenby, médico de la policía del distrito, se inclinaba sobre el cadáver de lady Tressilian.

Se enderezó suspirando.

—Está clarísimo. Ha sido golpeada por delante con una fuerza terrible. El primer golpe le destrozó el hueso y la mató, pero el asesino la golpeó de nuevo para asegurarse. No voy a hablarles con términos raros, quiero darles la interpretación vulgar del hecho.

—¿Cuánto tiempo lleva muerta? —preguntó Leach.

—Yo diría que murió entre las diez y medianoche.

—¿No puede usted aproximarse más?

—Prefiero no hacerlo. Hay que considerar una serie de factores. Ya no se cuelga a la gente sobre la base del *rigor mortis*. No antes de las diez ni después de las doce.

—¿Y la golpearon con ese palo de golf?

El doctor echó una mirada al palo.

—Probablemente. Sin embargo, ha sido una suerte que el asesino lo dejara atrás. Por el aspecto de la herida, no hubiera deducido que se trataba de un palo de golf. Casualmente, el canto agudo del palo no la tocó. Debe de haber sido la parte de atrás del palo lo que la golpeó.

—¿No resultaría difícil hacerlo así? —preguntó Leach.

—Sí, si hubiera sido hecho intencionadamente —concedió el médico—. Me figuro que, por una de esas casualidades, ocurrió de ese modo.

Leach estaba levantando las manos, tratando instintivamente de reconstruir el golpe.

—Muy difícil —comentó.

—Sí —dijo el doctor, pensativo—. Todo esto ha sido hecho de una forma muy difícil. La golpearon en la sien derecha, pero la persona que lo hizo debió de colocarse en el lado derecho de la cama, de cara a la cabecera; no hay espacio en el lado izquierdo, entre la cama y la pared.

Leach aguzó el oído.

—¿Un zurdo? —preguntó.

—No quiero comprometerme en ese punto —respondió Lazenby—. Podrían presentarse muchos inconvenientes. Si quieren, les diré que la explicación más sencilla es que el asesino era zurdo, pero hay otros modos de explicarlo. Supongan, por ejemplo, que la anciana volviera la cabeza ligeramente hacia la izquierda cuando el hombre asestaba el golpe. O puede que el asesino hubiera corrido previamente la cama, para colocarse en el lado izquierdo, y después volviera a ponerla en su sitio.

—No es muy probable esa última solución.

—Quizá no, pero puede haber ocurrido así. Tengo alguna experiencia en estas cosas y puedo decirle, muchacho, que resulta muy arriesgado sacar la conclusión de que un golpe ha sido dado por un zurdo.

El sargento detective Jones, desde el suelo, observó:

—Este palo de golf es de los normales, para la mano derecha.

Leach asintió.

—Sin embargo, puede que no perteneciera al hombre que lo utilizó. Supongo que sería un hombre, ¿no, doctor?

—No necesariamente. Si el arma empleada fuese ese palo tan pesado, una mujer pudo haber dado un buen golpe con él.

El superintendente Battle preguntó con voz tranquila:

—Pero no podría usted jurar que esa fue el arma empleada, ¿verdad, doctor?

Lazenby le dirigió una mirada rápida e interesada.

—No. Lo único que puedo jurar es que puede haber sido el arma y que probablemente lo ha sido. Analizaré la sangre del palo para estar seguros de que pertenece al mismo grupo, y los cabellos también.

—Sí —aprobó Battle—. Siempre es mejor ser concienzudo.

Lazenby preguntó con curiosidad:

—¿Tiene usted alguna duda sobre el palo de golf, superintendente?

Battle meneó la cabeza.

—¡Oh, no, no! Yo soy un hombre sencillo. Me gusta creer las cosas que veo con mis propios ojos. La golpearon con algo pesado, y esto es pesado. En el palo hay sangre y cabellos; por consiguiente, lo probable es que sean su sangre y sus cabellos. Ergo: esta fue el arma empleada.

—¿Estaba dormida o despierta cuando la golpearon? —quiso saber Leach.

—En mi opinión, despierta. En su rostro aparece una expresión de asombro. Yo diría, y esta es únicamente una opinión particular mía, que no esperaba el ataque. No hay señales de que haya intentado luchar, ni horror, ni miedo. A mí me parece que, o bien acababa de despertarse, tenía la mente confusa y no comprendía bien las cosas, o reconoció a su asaltante como a una persona que no podía desearle el menor daño.

—La única luz que estaba encendida era la de la lámpara de la mesita de noche —comentó Leach, pensativo.

—Sí, eso no ayuda nada. Pudo haberla encendido al ser despertada bruscamente por alguien que entró en la habitación, o podía haber estado encendida antes.

El sargento Jones se puso de pie, sonriendo satisfecho.

—Hay una hermosa colección de huellas en ese palo —dijo—. Está claro como el agua.

Leach suspiró profundamente.

—Eso debería simplificar las cosas.

—¡Qué chico más servicial! —exclamó el doctor Lazenby—. Deja el arma, deja sus huellas dactilares, ¿no habrá dejado una tarjeta de visita?

—Pudo ocurrir que perdiera la cabeza —dijo el superintendente Battle—. Algunos la pierden.

El doctor asintió.

—Muy cierto. Bueno, tengo que ir a atender a mi otra paciente.

—¿Qué paciente? —preguntó Battle, súbitamente interesado.

—El mayordomo me ha mandado llamar antes de que esto se descubriera. La doncella de lady Tressilian ha sido encontrada esta mañana en estado comatoso.

—¿Qué tenía?

—Le administraron una fuerte dosis de barbitúricos. Está bastante mal, pero saldrá adelante.

—¿La doncella? —dijo Battle, fijando sus ojos bovinos en el tirador de la campanilla, cuya borla descansaba en la almohada, cerca de la mano de la muerta.

Lazenby asintió.

—Exactamente. Eso hubiera sido lo primero que habría hecho lady Tressilian en caso de alarma: hacer sonar la campanilla para llamar a la doncella. Podía haber estado llamando hasta el día del Juicio, porque la doncella no la hubiera oído.

—¿Fue premeditado todo eso? —preguntó Battle—. ¿Está usted seguro? ¿No acostumbraba a tomar somníferos?

—Estoy totalmente seguro de que no. No hay indicios de nada semejante en su habitación. Y he descubierto cómo le fue suministrado. Tomaba todas las noches una infusión de sen y allí estaba la sustancia que la durmió.

El superintendente Battle se rascó la barbilla.

—¡Hum! Sin duda era alguien que estaba enterado de todo lo que ocurre en esta casa. ¿Sabe, doctor? Este es un asesinato muy extraño.

—Bueno —manifestó Lazenby—, eso es un asunto del todo suyo.

—Nuestro médico es una buena persona —dijo Mary cuando Lazenby hubo abandonado la habitación.

Se habían quedado los dos solos. Habían sido ya tomadas las fotografías y anotadas las dimensiones de la habitación. Los dos policías sabían todo lo que era preciso saber sobre la habitación donde se había cometido el crimen.

Battle asintió en respuesta a la observación de su sobrino con un movimiento de cabeza. Parecía como si algo le preocupara.

—¿Crees que alguien pudo haber cogido ese palo con guantes después de haber sido hechas esas huellas?

Leach meneó la cabeza.

—No lo sé, ni tú tampoco. Ese palo no podría ser agarrado, es decir, no podría ser utilizado, sin emborronar las huellas. Y las huellas no están emborronadas, están claras como el cristal. Tú lo has visto.

Battle convino en ello.

—Y ahora les preguntaremos a todos, con la mayor cortesía y amabilidad, si nos dejan tomarles las huellas dactilares. Naturalmente, no están obligados a acceder. Y todos dirán que sí, y entonces pueden ocurrir dos cosas: o bien ninguna de las huellas coincide con las que tenemos o...

—O habremos encontrado a nuestro hombre, ¿verdad?

—Eso creo. O quizá a nuestra mujer.

Leach meneó la cabeza.

—No, una mujer no. Las huellas del palo son de hombre. Demasiado grandes para pertenecer a una mujer. Y, además, este no es un crimen femenino.

—No —reconoció Battle—, es un crimen masculino. Brutal, masculino, atlético y ligeramente estúpido. ¿Conoces a alguien en la casa que sea así?

—No conozco todavía a nadie en la casa. Están todos reunidos en el comedor.

Battle se encaminó a la puerta.

—Iremos a echarles una ojeada.

Miró la cama por encima del hombro, meneó la cabeza y observó:

—No me gusta eso del tirador de la campanilla.

—¿Por qué no?

—No encaja.

Y añadió mientras abría la puerta:

—Me pregunto quién podría desear su muerte. Hay por ahí un montón de ancianas pendencieras que están pidiendo un golpe en la cabeza, pero esta no era de esas. Me inclino a creer que era apreciada.

Hizo una pequeña pausa y preguntó:

—Era rica, ¿verdad? ¿Quién hereda el dinero?

Leach contestó a la insinuación que encerraban sus palabras:

—¡Has dado en el clavo! Ahí está la contestación. Esa es una de las primeras cosas que hay que averiguar.

Mientras bajaban juntos las escaleras, Battle echó una mirada a la lista que llevaba en la mano.

—Miss Aldin —leyó—, Mr. Royde, Mr. Strange, Mrs. Strange, Mrs. Audrey Strange. ¡Hum! ¡Parece que hay muchos miembros de la familia Strange!

—Esas dos son sus esposas, creo.

Battle enarcó las cejas.

—Un Barba Azul, ¿eh? —murmuró.

La familia se hallaba reunida alrededor de la mesa del comedor, donde había tenido lugar un simulacro de comida.

El superintendente Battle dirigió una mirada penetrante a los rostros vueltos hacia él, analizándolos de acuerdo con su propio sistema. El modo en que los estaba considerando les hubiera sorprendido, caso de conocerlo. Era un punto de vista cargado de prejuicios. Descartaba de antemano toda presunción de inocencia. Para el superintendente Battle, todas las personas relacionadas con un caso de asesinato eran criminales en potencia.

De Mary Aldin, sentada erguida y pálida a la cabecera de la mesa, pasó la vista a Thomas Royde, que se encontraba a su lado, ocupado en llenar su pipa; a Audrey, con la silla un tanto echada hacia atrás, una taza de café en la mano derecha y un cigarrillo en la izquierda; a Nevile, ofuscado y aturdido, que trataba de encender un cigarrillo con manos temblorosas; a Kay, con los codos apoyados en la mesa y una palidez que traspasaba el maquillaje.

El superintendente Battle pensó:

«Supongo que esa es miss Aldin. Me parece una mujer fría, competente. No será fácil cogerla desprevenida. El hombre que está a su lado es un perro viejo, de cara impasible, con un brazo medio inútil. Es probable que tenga complejo de inferioridad. Esa, me figuro, es una de las esposas. Está muerta de miedo. Sí, está asustadísima. ¡Qué forma de sostener la taza de café! Ese es Strange. Lo he visto en alguna parte. Está aterrorizado, tiene los nervios hechos trizas. La pelirroja tiene el genio vivo, un temperamento endiablado. Aunque también tiene cabeza.»

Mientras Battle los analizaba, el inspector Leach pronunciaba un discurso formal. Mary Aldin los mencionó a todos y terminó:

—Por supuesto, ha sido un golpe terrible para nosotros, pero deseamos ayudarles en todo lo posible.

—Para empezar, ¿alguno de ustedes sabe algo de este palo de golf? —dijo Leach, y lo mantuvo en alto.

Kay lanzó un pequeño grito:

—¡Qué horrible! ¿Es con eso con lo que...? —y se detuvo.

Nevile Strange se levantó y dio la vuelta a la mesa.

—Parece uno de los míos. ¿Puedo mirarlo?

—Sí, ahora ya no importa. Puede usted cogerlo.

La significativa palabra *ahora* no pareció producir la menor reacción en los reunidos. Nevile examinó el palo.

—Creo que es uno de los palos de mi bolsa —dijo—. Si quiere usted acompañarme, se lo diré con seguridad enseguida.

Lo siguieron hasta un gran armario debajo de la escalera. Nevile abrió la puerta y, ante la confusa mirada de Battle, apareció el interior literalmente abarrotado de raquetas de tenis. El superintendente recordó dónde había visto a Nevile Strange.

—Le he visto a usted jugar en Wimbledon, señor —dijo rápidamente.

Nevile volvió a medias la cabeza.

—¿Ah, sí?

Puso a un lado algunas de las raquetas. Había dos bolsas de golf en el armario, apoyadas contra un montón de avíos de pesca.

—Solo mi mujer y yo jugamos al golf —explicó Nevile—. Y este es un palo de hombre. Sí, es mío.

Había cogido una bolsa que contenía por lo menos catorce palos.

El inspector Leach pensó:

«Estos tipos deportistas se lo toman muy en serio. No me gustaría ser su *caddie*.»

Nevile estaba diciendo:

—Es un palo hecho por Walter Hudson, de St. Esbert.

—Gracias, Mr. Strange. Esto aclara uno de los puntos.

—Lo que me extraña es que no se haya llevado nada. ¿Y la entrada de la casa no parece haber sido forzada?

El tono era de asombro, aunque también asustado.

Battle se dijo para sí: «Todos han estado pensando en ello».

—Los criados son completamente de fiar —señaló Nevile.

—Hablaré con miss Aldin de los criados —dijo el inspector Leach con suavidad—. Entretanto, ¿tiene usted alguna idea de quiénes son los abogados de lady Tressilian?

—Askwith & Trelawny —contestó Nevile—. De St. Loo.

—Gracias, Mr. Strange. Tendremos que enterarnos por ellos de lo referente a las propiedades de lady Tressilian.

—¿Quiere usted decir quién hereda su dinero? —le preguntó Nevile.

—Eso es, señor. Su testamento y todo eso.

—No sé nada de su testamento —respondió Nevile—. Que yo sepa, no tenía gran fortuna propia. Pero puedo hablarles del conjunto de sus propiedades.

—Diga, Mr. Strange.

—Van a parar a mí y a mi esposa, por testamento del difunto sir Matthew Tressilian. Lady Tressilian solo disponía del usufructo del capital.

—¿De veras?

El inspector Leach miró a Nevile con la atención y el interés del que vislumbra la posibilidad de añadir una pieza de mérito a su colección favorita. Bajo su mirada, Nevile retrocedió nervioso. El inspector Leach continuó con voz extremadamente alegre:

—¿No tiene usted idea de la cantidad, Mr. Strange?

—No podría decírselo así, sin pensar. Creo que alrededor de unas cien mil libras.

—¡Vaya!... ¿Para cada uno de ustedes?

—No, a dividir entre los dos.

—Ya. Una suma considerable.

Nevile sonrió.

—Tengo medios de fortuna propios como para no desear la muerte de nadie —señaló sin perder la calma.

El inspector Leach pareció escandalizarse ante el hecho de que se le atribuyeran semejantes ideas.

Volvieron al comedor y Leach pronunció su segundo discursito. Este trataba sobre huellas dactilares —cuestión de rutina, simplemente—, para descartar a aquellas personas de la casa que habían estado en el dormitorio de la muerta.

Todos expresaron su buena disposición casi con ansiedad, por lo que les tomaron las huellas. Con este fin fueron al salón, donde el sargento los esperaba con el equipo necesario.

Battle y Leach empezaron con los criados. No consiguieron gran cosa de ellos. Hurstall explicó cómo cerraba la casa y juró que por la mañana la había encontrado exactamente como la había dejado. No había la menor señal de que un intruso hubiera penetrado en ella. La puerta principal no había sido cerrada por dentro, sino que podía abrirse por la parte de fuera con una llave. Había sido dejada así porque Mr. Nevile había ido a Easterhead Bay y volvería tarde.

—¿Sabe usted a qué hora regresó?

—Sí, señor. Creo que fue a eso de las dos y media. Diría que venía alguien con él. Oí voces, luego un coche que arrancaba, el ruido de la puerta al cerrarse y Mr. Nevile subiendo las escaleras.

—¿A qué hora salió anoche para Easterhead Bay?

—A eso de las diez y veinte. Oí cerrar la puerta.

Leach asintió. No parecía que pudiera sacarse mucho más de Hurstall por el momento, por lo que se entrevistó con los otros. Todos parecían nerviosos y asustados, pero no más de lo normal, teniendo en cuenta las circunstancias.

Leach dirigió una mirada interrogadora a su tío cuando la puerta se cerró tras la ayudante de la cocinera, la última de la procesión, que parecía un tanto histérica.

—Llama otra vez a la doncella —le pidió Battle—, no la de ojos saltones, sino la otra, la alta y flaca de cara avinagrada. Sabe algo.

Era evidente que Emma Wales no se sentía a gusto. Le alarmó que fuera el hombre maduro, alto y fornido, el encargado de interrogarla esta vez.

—Solo voy a darle un consejo, miss Wales —dijo Battle,

de un modo agradable—. No es conveniente ocultarle nada a la policía. Eso hace que se predisponga en su contra, no sé si me entiende...

Emma Wales protestó indignada y algo inquieta:

—Le aseguro que yo no...

—Vamos, vamos. —Battle alzó su mano, grande y cuadrada—. Usted vio u oyó algo. ¿Qué fue?

—No lo oí exactamente, es decir, no pude por menos que oírlo. También Mr. Hurstall lo oyó. Y no creo, no lo creo ni por un segundo, que tenga nada que ver con el crimen.

—Probablemente, no. Solo díganos de qué se trata.

—Bueno, pues me iba a la cama, un poco después de las diez, y primero entré a poner la bolsa de agua caliente en la cama de miss Aldin. Siempre la usa, lo mismo en invierno que en verano, y, claro, tuve que pasar por delante de la puerta de su señoría.

—Continúe —dijo Battle.

—Y los oí a ella y al señorito Nevile discutiendo con mucha violencia, en voz muy alta. Él gritaba mucho. ¡Oh, menuda pelea!

—¿Recuerda lo que decían?

—Bueno, no estaba lo que se dice escuchando.

—No, pero, de todos modos, tuvo usted que oír algunas palabras.

—Su señoría decía que no estaba dispuesta a consentir no sé qué cosa en su casa y el señorito Nevile decía: «¡No te atrevas a decir nada en contra de ella!». Estaba muy excitado.

Battle, con el rostro inexpresivo, trató de sacarle algo más sin conseguirlo. Por último, despidió a la mujer.

Él y Jim se miraron. Leach dijo, después de un minuto o dos:

—Jones tendrá algo que decirnos sobre esas huellas.

—¿Quién se ocupa de las habitaciones? —preguntó Battle.

—Williams es de confianza. No se le pasará nada por alto.

—¿Ha mantenido a todos fuera de sus dormitorios?

—Sí, hasta que haya terminado Williams.

En aquel momento, se abrió la puerta y el joven Williams asomó la cabeza.

—Me gustaría que vieran ustedes algo. En la habitación de Mr. Nevile Strange.

Se levantaron y lo siguieron hasta la habitación, en el ala oeste de la casa.

Williams señaló un montón de ropa que había en el suelo: una chaqueta azul oscuro, unos pantalones y un chaleco.

Leach dijo en tono imperioso:

—¿Dónde ha encontrado usted esto?

—Hecho un lío en el fondo del armario. Por favor, mire esto, señor.

Cogió la chaqueta azul oscuro y mostró los bordes de los puños.

—¿Ve usted esas manchas oscuras? Como me llamo Williams que eso es sangre, señor. Y mire aquí, toda la manga está salpicada.

—¡Hum! —Battle evitó la mirada ansiosa del otro—. Parece que la cosa se pone fea para el joven Nevile. ¿Había más trajes en la habitación?

—Uno gris oscuro de rayas finas colgado en una silla. Había mucha agua en el suelo, junto al lavabo.

—¿Como si se hubieran quitado las manchas de sangre con una prisa endiablada? Sí. Sin embargo, está cerca de la ventana abierta y ha entrado mucha lluvia.

—No la suficiente para formar esos charcos en el suelo, señor. Todavía no se han secado.

Battle permaneció silencioso. Ante sus ojos iba formándose un cuadro: un hombre con las manos y las mangas manchadas de sangre, quitándose rápidamente la ropa, metiéndola en el armario, echándose agua con furia sobre las manos y los brazos desnudos...

Miró hacia la puerta en la pared opuesta de la habitación.

Williams contestó a la mirada.

—La habitación de Mrs. Strange, señor. La puerta está cerrada.

—¿Cerrada? ¿Por este lado?

—No, por el otro.

—Por el lado de ella, ¿eh?

Battle reflexionó durante un instante.

—Vamos a ver otra vez al viejo mayordomo —dijo al fin.

Hurstall estaba nervioso. Leach le preguntó con un tono severo:

—¿Por qué no nos dijo usted, Hurstall, que oyó una pelea entre Mr. Strange y lady Tressilian anoche?

—La verdad, señor, no volví a pensar en ello. No creo que fuera lo que se dice una pelea, sino una amistosa diferencia de opiniones.

Leach se resistió a la tentación de exclamar: «¡Qué amistosa diferencia de opiniones ni qué narices!», y continuó:

—¿Qué traje llevaba puesto Mr. Strange anoche para la cena?

Hurstall dudó. Battle dijo con voz tranquila:

—¿Un traje azul oscuro o el gris de rayas finas? Es probable que alguien nos lo diga si usted no lo recuerda.

Hurstall rompió el silencio.

—Ahora recuerdo, señor. Era azul oscuro. La familia no tiene la costumbre de vestirse para cenar durante los meses de verano —añadió, deseoso de no perder prestigio—. Salen con frecuencia después de cenar, unas veces al jardín, otras al muelle.

Battle asintió. Hurstall salió de la habitación y se cruzó con Jones en el umbral. Este parecía excitado.

—Está clarísimo, señor. Tengo las huellas de todos. Solo hay una serie que coincide. Claro que no he podido hacer una comparación a fondo, pero apuesto a que son las acertadas.

—¿Y qué? —dijo Battle.

—Las huellas en el palo, señor, corresponden a Mr. Nevile Strange.

Battle se recostó en su butaca.

—Bien —manifestó—. Esto parece el final del asunto, ¿verdad?

IV

Estaban en el despacho del jefe de policía, los tres con rostros graves y preocupados.

El comandante Mitchell dijo, suspirando:

—Bien, supongo que no habrá más remedio que arrestarlo.

—Eso parece, señor —señaló Leach en voz baja.

Mitchell miró al superintendente Battle.

—Alégrese, Battle —le rogó con amabilidad—. Que no se le ha muerto su mejor amigo.

El superintendente suspiró.

—Esto no me gusta.

—No creo que le guste a ninguno de nosotros —afirmó Mitchell—, pero creo que tenemos pruebas suficientes para pedir una orden de arresto.

—Más que suficientes —asintió Battle.

—Si no la solicitamos, todos se preguntarán por qué diablos no lo hacemos.

Battle asintió con expresión descontenta.

—Vamos a ver —añadió el comandante—. Tenemos el motivo: Strange y su esposa perciben una considerable cantidad de dinero a la muerte de la anciana. Es la última persona que la ha visto viva, que sepamos. Se le oyó discutir con ella. El traje que llevaba anoche tiene manchas de sangre y esto es lo más condenatorio de todo: sus huellas aparecían en el arma homicida y no hay huellas de nadie más.

—Y sin embargo, señor —arguyó Battle—, tampoco a usted le gusta.

—¡Maldita sea si me gusta!

—¿Qué es con exactitud lo que a usted no le gusta de todo esto, señor?

El comandante Mitchell se frotó la nariz.

—¿Será quizá que ese hombre quedaría como un verdadero idiota? —sugirió.

—No obstante, señor, hay quien se porta como un verdadero idiota.

—Ya lo sé, ya lo sé... ¿Dónde estaríamos nosotros sí no fuera así?

Battle se dirigió a Leach:

—¿Qué es lo que no te gusta a ti de esto, Jim?

Leach se removió en su asiento, con expresión descontenta.

—Siempre me ha gustado Mr. Strange. Le he estado viendo por aquí desde hace años. Es un señor muy agradable, y un gran deportista.

—No veo por qué un buen jugador de tenis no pueda ser un asesino al mismo tiempo —indicó Battle con lentitud—. No hay nada que lo impida.

Hizo una pausa y añadió:

—A mí lo que no me gusta es el palo.

—¿El palo? —preguntó Mitchell algo desconcertado.

—Sí, señor, o si no, la campanilla. La campanilla o el palo, pero no los dos.

Battle continuó con voz lenta y cuidadosa:

—¿Qué es lo que creemos que ocurrió en realidad? Mr. Strange subió a la habitación de ella, perdió la calma y la golpeó en la cabeza con un palo de golf. Si ocurrió así, si fue sin premeditación, ¿por qué llevaba el palo consigo? No es un objeto para llevar a cuestas por las noches.

—Podría haber estado practicando o algo por el estilo.

—Podría, pero nadie lo ha mencionado. Nadie le vio hacerlo. La última vez que fue visto con un palo de golf en la mano fue hace una semana, cuando estuvo practicando sobre arena. Considerando la cuestión, resulta una de dos: o hubo una pelea y él perdió la cabeza... Pero fíjense en lo que les digo: yo lo he visto en las pistas de tenis y, en esos partidos de campeonato, esas estrellas son un manojo de nervios, y si son personas que pierden la calma con facilidad, en esos momentos tienen que controlarse. Nunca he visto a Mr. Strange enojado. Yo creo que se domina muy bien, mejor que la mayoría de la gente, y, sin embargo, estamos insinuando que pierde la cabeza hasta el extremo de golpear a una frágil anciana.

—Hay otra alternativa, Battle —señaló el jefe de policía.

—Ya lo sé, señor. La teoría de que fue premeditado. Quería el dinero de la anciana. Eso encaja con el asunto de la campanilla, que hizo necesario dormir a la doncella, pero no encaja con el palo ni con la pelea. Si estaba decidido a acabar con ella hubiera tenido buen cuidado de no discutir con lady Tressilian. Pudo haber dormido a la doncella y deslizarse en la habitación de la anciana por la noche, golpearla y preparar una bonita escena de robo, limpiar el palo y devolverlo a su lugar. Esto no está bien, señor: es una mezcla de fría premeditación y de violencia impremeditada.

—Hay algo de razón en lo que dice Battle. Pero ¿con cuál de las dos alternativas nos quedamos?

—Es el palo el que llama la atención, señor.

—Nadie pudo haberla golpeado en la cabeza con el palo sin emborronar las huellas de Nevile, eso es seguro.

—Entonces —propuso el superintendente Battle— es que la golpearon con otra cosa.

El comandante Mitchell exhaló un profundo suspiro.

—Esa es una suposición arriesgada, ¿no es cierto?

—Yo creo que es de sentido común, señor. O bien Strange la golpeó con ese palo o bien nadie lo hizo. Yo voto por lo último. En tal caso, el palo fue puesto allí con toda intención, manchándolo con la sangre y los pelos. Al doctor Lazenby no le gustó mucho el palo. Tuvo que aceptarlo porque era la solución obvia y porque no podía decir definitivamente que no se había usado.

El comandante Mitchell se recostó en su butaca.

—Continúe, Battle. Le doy plenos poderes. ¿Qué viene después?

—Suprima el palo —añadió Battle—, ¿y qué nos queda? Primero, el motivo. ¿Tenía Nevile Strange un motivo real para quitar de en medio a lady Tressilian? Hereda su dinero. Pero a mi modo de ver depende mucho de si necesitaba o no el dinero. Él dice que no. Yo propondría que lo comprobáramos. Hay que averiguar cuál es su situación económica. Si se encuentra en un apuro, si necesita dinero, entonces las cosas se ponen mucho peor para él. Si, por el contrario, decía la verdad y su situación económica es buena, entonces...

—Entonces ¿qué?

—Entonces haríamos bien en mirar los motivos de los demás.

—¿Cree usted que han querido complicar a Nevile Strange?

El superintendente Battle entornó los párpados.

—No recuerdo en qué libro leí una frase que me llamó la atención. Era sobre una «refinada mano italiana». Esto es lo que veo en este asunto. En apariencia es un crimen tosco, brutal, sencillo. Sin embargo me parece entrever algo más, como si una refinada mano italiana actuara entre bastidores.

Siguió una larga pausa, durante la cual el jefe de policía se quedó mirando a Battle.

—Puede que tenga usted razón —dijo fríamente—. ¡Maldita sea! Hay algo extraño en este asunto. ¿Qué plan de campaña propone usted?

Battle se acarició la cuadrada mandíbula.

—Bueno, señor —contestó—. Yo siempre he preferido considerar las cosas del modo más obvio. Todo ha sido dispuesto para que sospechemos de Mr. Strange. Pues sigamos sospechando de él. No es necesario llegar a arrestarlo, pero sí insinuarlo: interrogarle, meterle miedo y observar las reacciones de todos. Comprobar sus declaraciones, analizar con lupa sus movimientos de la noche de autos. De hecho, mostrar nuestro juego todo lo abiertamente que sea posible.

—¡Qué maquiavélico! —exclamó el comandante Mitchell con ojos chispeantes—. Representación del policía duro por Battle, la gran estrella de la escena.

El superintendente sonrió.

—Siempre me gusta hacer lo que se espera de mí, señor. Esta vez voy a ser algo lento, me voy a tomar mi tiempo. Quiero husmear por ahí. Nuestras sospechas acerca de Mr. Strange son una buena excusa para andar husmeando. Tengo idea de que algo muy extraño ha estado ocurriendo desde hace días en esa casa.

—¿Busca usted el aspecto pasional del asunto?

—Si quiere usted expresarlo así...

—Lleve el caso a su manera, Battle. Continúen juntos usted y Leach.

—Gracias, señor. —Battle se puso de pie—. ¿Nada interesante de los abogados?

—No. Los llamé por teléfono. Conozco bastante a Trelawny. Me va a mandar una copia del testamento de sir Matthew y otra del de lady Tressilian. Ella tenía una renta de quinientas libras al año propias, invertidas en acciones muy seguras. Le deja un legado a Barrett y otro pequeño a Hurstall. El resto, a Mary Aldin.

—Tenemos que vigilar a esos tres —dijo Battle.

Mitchell pareció divertido.

—Es usted desconfiado, ¿verdad?

—No conduce a nada dejarse hipnotizar por cincuenta mil libras —afirmó Battle imperturbable—. Muchos asesinatos han sido cometidos por menos de cincuenta libras. Depende de cuánto se desee el dinero. Barrett recibe un legado, y puede que haya tomado la precaución de dormirse a sí misma para alejar sospechas.

—Por poco se muere. Lazenby no nos ha dejado interrogarla todavía.

—Pudo haber exagerado la dosis por ignorancia. Hurstall puede haber estado muy necesitado de dinero. Y miss Aldin, si no tiene capital propio, puede haber deseado darse algo de buena vida antes de ser demasiado vieja para disfrutar.

Mitchell parecía lleno de dudas.

—Bueno. Allá ustedes. Continúen con su trabajo.

V

Al llegar a Gull's Point, los dos policías recibieron los informes de Williams y Jones.

—No se ha encontrado nada sospechoso ni interesante en ninguno de los dormitorios. Los criados piden que se les deje proseguir con las tareas domésticas. ¿Les autoriza a hacerlo?

—Supongo que eso será lo mejor —dijo el superintendente Battle—, aunque primero me voy a dar una vuelta yo mismo por los pisos superiores. Las habitaciones que no se hacen con mucha frecuencia nos dicen algunas veces algo sobre sus ocupantes que es conveniente saber.

El sargento Jones puso encima de la mesa una pequeña caja de cartón.

—De la chaqueta azul oscuro de Mr. Nevile Strange —anunció—. Los cabellos rojos estaban en el puño, los rubios en la parte interior del cuello y en el hombro derecho.

Battle sacó de la caja los dos largos cabellos rojos y la media docena de rubios y los miró.

—Muy conveniente —comentó con una mirada de picardía—. Una rubia, una pelirroja y una morena en la casa. De este modo sabemos enseguida por dónde andamos. ¿Rojo en el puño y rubio en el cuello? Mr. Strange parece tener algo de Barba Azul. Rodear a su esposa con un brazo y con la cabeza de la otra apoyada en su hombro.

—La sangre de la manga ha sido enviada a analizar, señor. Nos llamarán en cuanto tengan el resultado.

Leach asintió.

—¿Qué hay de los criados?

—Seguí sus instrucciones, señor. Ninguno de ellos había recibido aviso de despido ni parece probable que alimentara un resentimiento contra la anciana. Era severa, pero la querían. Y en cualquier caso, era miss Aldin la que se entendía con los criados. Parece ser que goza de muchas simpatías entre todos ellos.

—Desde el momento en que le puse los ojos encima, comprendí que era una mujer eficiente —afirmó Battle—. Si ella es nuestra asesina, no será fácil colgarla.

Jones pareció sorprendido.

—Pero las huellas del palo, señor, eran...

—Ya lo sé, ya lo sé... —le interrumpió Battle—. Eran del muy servicial Mr. Strange. Existe una creencia general de que a los atletas no les sobra cerebro (lo que, dicho sea de paso, no tiene nada de cierto). Pero no puedo creer que Nevile Strange sea un retrasado mental. ¿Qué hay de esa infusión de la doncella?

—Siempre estaba en el estante del baño de servicio, en el segundo piso. Solía poner las vainas en agua a mediodía y las tenía así hasta la noche, cuando iba a acostarse.

—O sea que cualquiera pudo acercarse a la infusión. Es decir, cualquiera de la casa.

—No hay duda de que el asesino es uno de los de la casa —aseguró Leach con convicción.

—Sí, eso creo. No es que sea uno de esos asesinatos de círculo cerrado. Cualquiera que tuviese una llave pudo haber abierto la puerta principal y entrar en la casa. Nevile Strange tenía la llave anoche, pero probablemente hubiera sido sencillo hacerse una, y un entendido podría abrir la puerta con un alambre. Aunque no me imagino a un extraño sabiendo lo de la campanilla y que Barrett tomaba eso por las noches. Toda esta información solo puede tenerla alguien de la casa. Vamos, Jim, muchacho. Vamos arriba, a ver ese baño y todo lo demás.

Empezaron por el último piso. Primero un cuarto trastero, lleno de muebles viejos y rotos y antiguallas de todas clases.

—No he examinado nada de eso, señor —le informó Jones—. No sabía...

—¿No sabía usted lo que debía buscar? Tiene usted mucha razón. Sería perder el tiempo. A juzgar por el polvo del suelo, nadie ha entrado en esta habitación desde hace por lo menos seis meses.

Todas las habitaciones de los criados estaban en aquel piso, así como dos dormitorios desocupados y un cuarto de baño. Battle echó una ojeada a cada habitación y observó que Alice, la doncella de los ojos saltones, dormía con la ventana cerrada; que Emma, la delgada, tenía muchas fotografías de parientes amontonadas en su cómoda, y que Hurstall tenía una o dos piezas de buena porcelana de Dresde y de Crown Derby, aunque rajadas.

La habitación de la cocinera estaba escrupulosamente limpia y la de su ayudante era un verdadero caos. Battle continuó hasta el baño, que era el espacio más próximo al rellano de la escalera. Williams señaló un estante largo colocado sobre el lavabo, en el que había vasos y cepillos de dientes, varios ungüentos, botellas de sales y una loción para el cabello. En un extremo del estante había un paquete abierto de vainas de sen.

—¿No había huellas en el vaso o en el paquete?

—Solo las de la doncella. Tomé sus huellas en su habitación.

—No había necesidad de tocar el vaso —señaló Leach—. Todo lo que había que hacer era verter la sustancia dentro.

Battle bajó las escaleras, seguido de Leach. Hacia la mitad de ese primer tramo de la escalera había una ventana colocada de un modo bastante difícil. Apoyado contra un rincón podía verse un palo terminado con un gancho.

—Con eso se baja la parte superior de la ventana —explicó Leach—, pero hay un tope para que no se pueda bajar más, a fin de evitar robos. Es demasiado estrecho para que pueda entrar nadie.

—No estaba pensando en que se pudiera entrar —dijo Battle con mirada preocupada.

El superintendente entró en el primer dormitorio del siguiente piso, que era el de Audrey Strange. Estaba pulcro y fresco, en el tocador había cepillos de marfil y no había ropas tiradas por la habitación. Battle miró dentro del armario: dos chaquetas, faldas, un par de trajes de noche y uno o dos vestidos de verano. Los vestidos eran baratos; las chaquetas, caras y de buen corte, aunque no nuevas.

Battle asintió. Se quedó durante un par de minutos junto a la mesa de escribir, jugando con la bandeja de las plumas, colocada a la izquierda del secante.

—No hay nada de interés en el secante ni en la papelera —le informó Williams.

—Con su palabra me basta —dijo Battle—. No hay nada que ver aquí.

Continuaron hacia las demás habitaciones.

La de Thomas Royde estaba muy revuelta. Había

ropa sin recoger, pipas y ceniza sobre las mesas, y junto a la cama yacía un ejemplar de *Kim*, de Kipling, abierto por la mitad.

—Está acostumbrado a que los criados nativos le ordenen las cosas —comentó Battle—. Le gusta leer a los antiguos consagrados. Es un conservador.

La habitación de Mary Aldin era pequeña, pero confortable.

Battle miró los libros de viaje colocados en los estantes y los antiguos cepillos de plata abollados. Los muebles y el colorido de la habitación eran más modernos que los del resto de la casa.

—Esta no es tan conservadora —opinó Battle—. Tampoco hay fotografías. No es de las que viven en el pasado.

Había tres o cuatro habitaciones desocupadas, todas limpias y dispuestas para ser utilizadas, y dos baños. Luego venía la gran habitación de matrimonio de lady Tressilian. A continuación, bajando tres pequeños escalones, se llegaba a los dos dormitorios y al baño ocupado por los Strange.

Battle no perdió demasiado tiempo en la habitación de Nevile. Por la ventana abierta miró los acantilados, que caían sobre el mar cortados a pico. Estaba orientada al oeste, hacia Stark Head, que surgía del agua, solitario e imponente.

—Por la tarde le da el sol —murmuró—. Pero por la mañana la vista es muy sombría. Con la marea baja, además, viene un olor de algas muy desagradable. Y aquel promontorio tiene un aspecto bastante tétrico. No me extraña que atraiga a los suicidas.

Pasó a la habitación contigua, mayor que la que acababa de dejar, cuyo cerrojo había sido descorrido.

Aquel era un campo de Agramante. Había montones de ropa por todas partes, ropa interior casi transparente, medias, jerséis que habían sido probados y rechazados después, un vestido estampado de verano tirado de cualquier modo sobre el respaldo de una butaca... Battle miró dentro del armario. Estaba lleno de pieles, trajes de noche, pantaloncitos de deporte, conjuntos de tenis y de playa.

El policía volvió a cerrar el armario casi con reverencia.

—Tiene gustos caros —observó—. Debe de costarle mucho a su marido.

—Puede que por eso... —insinuó Leach en tono sombrío. No terminó la frase.

—¿Que por eso necesita cien mil o, mejor dicho, cincuenta mil libras? Puede. Creo que lo mejor será saber lo que tiene él que decir sobre el asunto.

Bajaron a la biblioteca. A Williams se le encargó decir a los criados que podían continuar con las tareas domésticas. Los miembros de la familia podían, si lo deseaban, volver a sus habitaciones. Al tiempo que se les informaba de este hecho, se les comunicó que el inspector Leach desearía celebrar una entrevista con cada uno de ellos por separado, empezando por Mr. Nevile Strange.

Una vez que Williams hubo salido de la habitación, Battle y Leach se colocaron detrás de una maciza mesa victoriana. En una esquina de la habitación se sentó un joven policía provisto de cuaderno y lápiz.

—Empieza tú, Jim. Impresiónalo —le recomendó Battle.

El otro asintió y Battle se frotó la barbilla, con el ceño fruncido.

—Me gustaría saber por qué no se me quita de la cabeza Hércules Poirot.

—¿Te refieres a aquel viejo, el belga? ¿Aquel hombrecillo ridículo?

—¡Ridículo y un cuerno! —exclamó el superintendente Battle—. Cuando va a por alguien, es más peligroso que una viuda negra y una pantera juntas. Me gustaría que estuviese aquí. Estos casos son su especialidad.

—¿En qué sentido?

—Psicología —respondió Battle—. Pero psicología auténtica, no la que ejercen esos novatos que no saben nada del asunto. —Su pensamiento se detuvo con resentimiento en miss Amphrey y su hija Sylvia—. Psicología genuina, la que explica todos los actos humanos. Hacer que el asesino hable, ese es uno de sus principios. Dice que, tarde o temprano, todo el mundo tiene que decir la verdad, porque a la larga es más fácil que decir mentiras. Y así cometen un pequeño desliz, porque no creen que la cosa tenga importancia. Y en ese momento quedan atrapados.

—¿De modo que vas a darle soga a Nevile Strange?

Battle asintió distraído, para después añadir entre perplejo e irritado:

—Lo que me preocupa de verdad es no saber qué ha sido lo que me ha hecho pensar en Poirot. Ha sido arriba... Pero ¿qué he visto allí que me ha recordado a nuestro hombrecillo?

La llegada de Nevile Strange puso fin a la conversación.

Estaba pálido y parecía preocupado, aunque mucho menos nervioso de lo que había estado a la hora de desayunar. Battle le dirigió una mirada penetrante. Era increíble que un hombre que sabía, como él tenía que saber, a no ser que fuera incapaz del menor proceso mental, que había dejado sus huellas dactilares en el arma homicida, y a quien después habían tomado las huellas, no mostrara ni un intenso nerviosismo ni una estudiada desfachatez.

Nevile Strange se mostraba del todo natural: impresionado, preocupado, disgustado y ligeramente nervioso.

Jim Leach hablaba con su agradable acento del oeste.

—Mr. Strange, nos gustaría que contestara usted a ciertas preguntas relacionadas con sus movimientos de anoche y con ciertos hechos. Debo advertirle que no tiene por qué contestar a estas preguntas si no lo desea y que, si lo prefiere, puede estar presente su abogado.

Se recostó para observar el efecto que producían estas frases.

Nevile Strange mostró claramente su confusión.

«O no tiene la menor idea de dónde queremos ir a parar o es un actor imponente», pensó Leach. Al no recibir respuesta de Nevile, manifestó en voz alta:

—¿Y bien, Mr. Strange?

—Por supuesto —dijo Nevile—, pueden preguntarme lo que quieran.

—¿Se da usted cuenta —puntualizó Battle, en tono agradable— de que todo lo que diga será tomado por escrito y podrá ser utilizado como prueba contra usted ante un tribunal?

Un relámpago de ira pasó por el rostro de Strange.

—¿Me está usted amenazando? —preguntó con voz cortante.

—No, no, Mr. Strange. Le estoy advirtiendo.

Nevile se encogió de hombros.

—Supongo que todo eso formará parte de su rutina profesional. Continúe.

—¿Está usted dispuesto a hacer una declaración?

—Sí, si es así es como lo llaman ustedes.

—Entonces, díganos exactamente qué es lo que hizo anoche. Vamos a ver, empecemos desde después de la cena.

—Desde luego. Después de cenar fuimos al salón. Tomamos café, escuchamos la radio, las noticias, etcétera, y luego decidí ir al hotel Easterhead Bay para visitar a un joven que se aloja allí, un amigo mío.

—¿Cómo se llama ese amigo?

—Latimer, Edward Latimer.

—¿Es un amigo íntimo?

—Más o menos. Le hemos visto mucho desde que llegó. Ha venido a comer y a cenar aquí y nosotros íbamos allí.

—¿No era un poco tarde para ir a Easterhead Bay? —preguntó Battle.

—Bueno, es un lugar muy alegre. Lo tienen abierto hasta muy tarde.

—Pero en esta casa se acuestan temprano, ¿no?

—Sí, es la costumbre. Pero me llevé una llave y nadie tuvo que quedarse levantado esperándome.

—¿Su esposa no fue con usted?

La actitud de Nevile sufrió un ligero cambio y su voz se endureció un tanto al decir:

—No, le dolía la cabeza. Ya se había acostado.

—Por favor, continúe, Mr. Strange.

—Iba a cambiarme de ropa...

—Perdone, Mr. Strange —le interrumpió Leach—. ¿Iba a ponerse traje de etiqueta o a quitárselo?

—Ni lo uno ni lo otro. Llevaba un traje azul, el mejor que tengo, y como llovía un poco y tenía intención de coger el transbordador y andar por el otro lado, o sea alrededor de media milla, como usted sabe, me puse un traje más viejo, uno gris de rayas finas, si le interesa saber todos los detalles.

—Desde luego, queremos ver las cosas claras —señaló humildemente Leach—. Por favor, continúe.

—Como les decía, subía a cambiarme de ropa cuando Barrett vino a decirme que lady Tressilian quería verme, así que fui a su habitación y... charlamos un rato.

—Creo que fue usted la última persona que la vio viva, ¿verdad? —preguntó el superintendente.

—Sí, sí, supongo que sí. Entonces estaba muy bien.

—¿Cuánto tiempo estuvo usted con ella?

—Alrededor de veinte minutos o media hora, supongo. Luego me fui a mi habitación, me cambié de ropa y salí corriendo. Me llevé la llave.

—¿Qué hora era?

—Creo que serían alrededor de las diez y media. Bajé la

cuesta corriendo, cogí el transbordador en el momento que arrancaba y fui a Easterhead. Encontré a Latimer en el hotel, tomamos una copa o dos y jugamos una partida de billar. El tiempo pasó tan rápidamente que, cuando me di cuenta, había perdido el último transbordador, el que sale a la una y media. Entonces Latimer tuvo la amabilidad de sacar su coche y traerme. Eso, como ustedes saben, significa dar toda la vuelta por Saltington: unas dieciséis millas. Salimos del hotel a las dos y llegamos aquí a eso de las dos y media. Le di las gracias a Latimer, le invité a pasar para tomar una copa, pero me dijo que prefería volver enseguida, así que entré y me fui a la cama directamente. No vi ni oí nada extraño. La casa estaba muy tranquila, parecía que todo el mundo dormía. Y esta mañana oí chillar a esa chica y...

Leach le interrumpió.

—Sí, sí. Volvamos ahora a su conversación con lady Tressilian. ¿Su comportamiento era completamente normal?

—Sí, completamente.

—¿De qué hablaron ustedes?

—Pues de unas cosas y otras.

—¿Amistosamente?

Nevile enrojeció.

—Por supuesto.

—¿No tendrían ustedes, por ejemplo —continuó Leach con suavidad—, una violenta disputa?

Nevile no contestó enseguida. Leach insistió:

—Es mejor que diga la verdad. Le diré con franqueza que parte de su conversación fue oída claramente.

Nevile dijo con brusquedad:

—Tuvimos un pequeño desacuerdo. Nada de importancia.

—¿Cuál fue el objeto de su desacuerdo?

Haciendo un esfuerzo, Nevile recobró la calma y sonrió.

—Francamente —dijo—, me echó una reprimenda. Lo hacía con frecuencia. Si no encontraba bien lo que alguien hacía, se lo decía sin rodeos. Estaba chapada a la antigua y desaprobaba las costumbres e ideas modernas, el divorcio, etcétera. Discutimos y puede que me acalorara algo, pero nos separamos en muy buenos términos, sin habernos convencido uno al otro, claro. —Y añadió, algo acalorado—: Desde luego, no le partí la cabeza por haber perdido la calma en una discusión, aunque usted no lo crea.

Leach miró a Battle. Este se inclinó hacia delante.

—Esta mañana —dijo— ha reconocido usted aquel palo de golf como de su propiedad. ¿Cómo explica el hecho de que sus huellas dactilares hayan sido encontradas en él?

Nevile se lo quedó mirando y luego contestó con viveza:

—Pues claro que tenía mis huellas. Es mío, lo he usado con mucha frecuencia.

—Quiero decir, ¿cómo explica usted que sus huellas prueben que fue usted la última persona que lo tuvo en sus manos?

Nevile permaneció inmóvil. Su rostro se había quedado extraordinariamente pálido.

—Eso no es cierto —afirmó—. No puede ser. Alguien pudo haberlo cogido después de mí, alguien que llevara guantes.

—No, Mr. Strange. Nadie pudo haberlo cogido y haberlo levantado para golpear, tal como usted quiere dar a entender, sin emborronar sus propias huellas.

Se produjo una pausa, una pausa muy larga.

—¡Dios mío! —exclamó Nevile con voz ahogada.

Se cubrió los ojos con las manos y se enderezó. Los dos policías lo observaron. Después apartó las manos y se sentó muy erguido.

—No es cierto —declaró en voz baja—. Desde luego, no es cierto. Ustedes creen que yo la maté, pero les aseguro que no lo hice. Cometen una terrible equivocación.

—¿No puede usted dar ninguna explicación sobre las huellas?

—¿Cómo voy a poder? Estoy atónito.

—¿Puede usted explicarme por qué las mangas y los puños de su traje oscuro están manchados de sangre?

—¿De sangre? —La exclamación fue un murmullo de horror—. ¡No puede ser!

—¿No se habrá cortado usted, por ejemplo?

—No. No, desde luego que no.

Esperaron un instante.

Nevile Strange, con el ceño fruncido, parecía estar pensando. Entonces los miró horrorizado.

—¡Es fantástico! —dijo—. ¡Sencillamente fantástico! Nada de eso es cierto.

—Los hechos son ciertos —replicó el superintendente.

—Pero ¿por qué iba yo a hacer algo semejante? Es increíble, inconcebible. ¡Si conocía a Camilla de toda la vida!

—Creo que usted mismo nos ha dicho, Mr. Strange, que a la muerte de lady Tressilian heredaría usted una notable cantidad de dinero, ¿verdad?

—Y ustedes creen que este es el motivo. ¡Pero si yo no necesito dinero! ¡No lo necesito!

—Eso —manifestó Leach con una tosecita— es lo que usted dice, Mr. Strange.

—Escuchen, hay algo que puedo probar. Puedo probar que no necesito dinero. Déjeme que telefonee a mi banquero, puede usted mismo hablar con él.

Pidieron la comunicación. La línea estaba libre y a los pocos minutos estaban en comunicación con Londres. Nevile habló.

—¿Es usted, Ronaldson? Habla Nevile Strange. Usted conoce mi voz. Escuche, ¿quiere darle a la policía, que está aquí ahora, toda la información que desee sobre mis asuntos? Sí, sí, por favor.

Leach cogió el teléfono y habló con voz tranquila. Hizo

la pregunta, recibió la contestación y, finalmente, colgó el teléfono.

—¿Qué? —preguntó Nevile con ansiedad.

—Tiene usted un saldo considerable a su favor. Además, el banco se hace cargo de todas sus inversiones e informa que está en situación favorable —respondió Leach impasible.

—Ya ve usted que es cierto lo que he dicho.

—Eso parece, Mr. Strange, pero puede usted tener compromisos, deudas, ser víctima de un chantaje... Puede tener razones que nosotros no conozcamos para necesitar dinero.

—¡Pero si no las tengo! Le aseguro que no las tengo. No podrán descubrir nada de eso.

El superintendente Battle movió sus pesados hombros y habló con voz bondadosa y paternal.

—Mr. Strange, estoy seguro de que reconocerá que tenemos pruebas suficientes para solicitar una orden de detención contra usted. No lo hemos hecho todavía. Estamos concediéndole el beneficio de la duda.

Nevile replicó con amargura:

—Quiere usted decir que ya han decidido que yo lo hice, ¿no es eso? Pero que quieren encontrar el motivo para que mi culpabilidad no ofrezca dudas.

Battle permaneció en silencio. Leach miró al techo.

Nevile añadió desesperado:

—Es como un sueño espantoso. No puedo decir ni hacer nada. Es como..., como estar en una trampa de la que no se puede salir.

El superintendente Battle se removió en su asiento. Un relámpago de inteligencia brilló a través de sus párpados semicerrados.

—Muy bien expresado —señaló—. Muy bien expresado, realmente. Me acaba de dar una idea.

VI

El sargento Jones se desembarazó con habilidad de Nevile a través del vestíbulo y entonces hizo pasar a Kay por el ventanal, de modo que marido y mujer no se encontraron.

—Sea como sea, verá a todos los demás —observó Leach.

—Tanto mejor —afirmó Battle—. Solo me interesaba tenerlo separado de esta mujer mientras la interrogo.

El día estaba nublado y soplaba un fuerte viento. Kay vestía una falda de *tweed* y un jersey morado, sobre el cual su cabello parecía de cobre bruñido. Estaba entre asustada y excitada. Su belleza y vitalidad resplandecían sobre el oscuro fondo victoriano de la habitación.

Leach la condujo con facilidad a través de su narración de los hechos de la noche anterior.

Le dolía la cabeza y se había acostado pronto, a eso de las nueve y cuarto, le parecía. Había dormido profundamente y no había oído nada hasta la mañana siguiente, cuando la despertó un grito.

Battle se hizo cargo del interrogatorio.

—¿No pasó su marido a ver cómo estaba antes de salir?

—No.

—Usted no lo vio desde el momento en que salió del comedor hasta la mañana siguiente, ¿no es así?

Kay asintió.

Battle se acarició la barbilla.

—Mrs. Strange, la puerta de comunicación entre su habitación y la de su marido estaba cerrada. ¿Quién la cerró?

—Yo —contestó Kay.

Battle no dijo nada, pero esperó. Parecía un gato viejo observando un agujero para ver salir al ratón.

Su silencio consiguió lo que quizá no hubieran conseguido las preguntas. Kay estalló impetuosa:

—Bueno, me figuro que se acabarán ustedes enterando de todo. Ese viejo decrépito de Hurstall debió de habernos oído antes del té y, aunque yo no se lo dijera a ustedes, él se lo diría. Probablemente ya se lo ha dicho. Nevile y yo tuvimos una pelea, ¡y vaya pelea! Yo estaba furiosa contra él. Subí a mi habitación y cerré la puerta, porque todavía estaba rabiosa.

—Comprendo, comprendo —dijo Battle, con su tono más comprensivo—. ¿Y cuál fue el motivo de la pelea?

—¿Importa eso? Bueno, no me importa decírselo. Nevile ha estado portándose como un perfecto idiota. Claro que toda la culpa es de esa mujer.

—¿Qué mujer?

—Su primera mujer. Lo primero que hizo fue conseguir que viniera aquí.

—¿Quiere usted decir para encontrarse de nuevo con ella?

—Sí. Nevile cree que todo fue idea suya... ¡Pobre inocente! Pero no fue así. No había pensado en semejante cosa hasta que un día se encontró con ella en el parque, le metió la idea en la cabeza y le hizo creer que se le había ocurrido a él. Él cree sinceramente que fue idea suya. Pero yo, desde el primer momento, he visto detrás de todo esto la mano refinada de Audrey.

—¿Por qué quiso hacer semejante cosa? —preguntó Battle.

—Porque quiere atraparlo de nuevo —afirmó Kay. Hablaba rápidamente y su respiración se hizo agitada—. Nunca le ha perdonado que se fuera conmigo. Esta es su venganza. Consiguió que él lo arreglara todo para que nos reuniéramos aquí y luego empezó a conquistarlo. Ha estado haciéndolo desde que llegamos. Es inteligente, ¿no creen? Sabe cómo parecer patética y esquiva... Sí, y cómo utilizar a otro hombre para sus fines. Se las arregló para que Thomas Royde, un perro fiel que la ha adorado siempre, viniese aquí al mismo tiempo y volviera loco a Nevile fingiendo que ella iba a casarse con él muy pronto.

Se detuvo, respirando con ira.

Battle dijo suavemente:

—Yo creía que se alegraría de que ella..., bueno, encontrara la felicidad con un antiguo amigo.

—¿Alegrarse? ¡Está celoso como un demonio!

—Entonces debe de quererla mucho.

—Sí, la quiere mucho —replicó Kay con amargura—. Ella se encargó de que fuera así.

Battle seguía acariciándose la mandíbula con expresión incrédula.

—¿No podría usted haber puesto objeciones a la idea de venir aquí? —insinuó.

—¿Cómo iba a hacerlo? Hubiera parecido que estaba celosa.

—Bueno —manifestó Battle—, después de todo, lo estaba usted, ¿verdad?

Kay enrojeció.

—Siempre, siempre he estado celosa de Audrey. Desde el principio, o casi desde el principio. Sentía su presencia en la casa. Era como si fuera su casa, no la mía. Cambié el color de las habitaciones y lo transformé todo, pero no sirvió de nada. Seguía sintiéndola allí, como un fantasma gris que se arrastrara por la casa. Sabía que Nevile estaba preocupado porque creía haberla tratado mal. No podía olvidarla del todo, estaba siempre allí, como un sentimiento de culpabilidad en el fondo de su mente. ¿Sabe? Hay personas así. Parecen anodinas y no muy interesantes, pero se hacen sentir.

Battle asintió, pensativo.

—Bien, gracias, Mrs. Strange. Eso es todo por ahora. Tenemos que hacer muchas preguntas, sobre todo en relación con el dinero que hereda su marido de lady Tressilian: cincuenta mil libras.

—¿Tanto? Lo heredamos por el testamento de sir Matthew, ¿no?

—¿Lo sabía?

—Sí. A la muerte de lady Tressilian el dinero se dividiría a partes iguales entre Nevile y su esposa. No es que me alegre de que la pobre vieja haya muerto, no. Yo no la quería demasiado, probablemente porque ella no me quería a mí. Pero es horrible pensar que haya entrado un ladrón y le haya partido la cabeza.

Tras estas palabras, salió de la habitación. Battle miró a Leach.

—¿Qué te ha parecido? No está mal, ¿verdad? Un hombre podría perder fácilmente la cabeza por ella.

Leach asintió.

—Sin embargo, no me parece una auténtica señora —opinó en tono dubitativo.

—No hay señoras hoy en día —afirmó Battle—. ¿A quién vemos ahora, a la esposa número uno? No, creo que la próxima será miss Aldin, y así tendremos una visión más objetiva de este lío matrimonial.

Mary Aldin entró muy serena, pero, a pesar de su aparente calma, sus ojos tenían una expresión preocupada.

Contestó con claridad a las preguntas de Leach y confirmó la declaración de Nevile en relación a los hechos de la noche anterior. Ella se había ido a la cama a las diez.

—¿Estaba entonces Mr. Strange con lady Tressilian?

—Sí, los oí hablar.

—¿Hablar, miss Aldin, o discutir?

Ella enrojeció, aunque contestó con calma:

—A lady Tressilian le gustaba discutir. Algunas veces parecía estar enfadada sin estarlo. Además, era autoritaria y le gustaba dominar a los demás, y un hombre no acepta esto tan fácilmente como una mujer.

«Como tú, por ejemplo», pensó Battle.

Contempló su rostro inteligente. Fue ella quien rompió el silencio.

—No quiero parecer estúpida, pero me parece increíble, verdaderamente increíble, que sospeche usted de alguien de la casa. ¿Por qué no ha podido ser alguien de fuera?

—Por varias razones, miss Aldin. Primero, no ha faltado nada y no se ha forzado ninguna entrada. No es necesario que le recuerde la geografía de su propia casa y los terrenos que la rodean, pero téngala presente. Al oeste hay un acantilado y un precipicio sobre el mar; al este, el jardín se extiende en pendiente casi hasta la playa, aunque está rodeado de un muro muy alto. Las únicas salidas son una pequeña puerta que da a la carretera, y que esta mañana ha sido encontrada cerrada por dentro, como de costumbre, y la entrada principal de la casa, que también da a la carretera. No digo que no haya podido alguien saltar el muro, o entrar por la puerta principal, provisto de una llave de la casa o una ganzúa. Lo que digo es que, por lo que yo puedo deducir, nadie lo ha hecho así. Quienquiera que sea el que cometió este asesinato sabía que Barrett tomaba todas las noches una infusión de vainas de sen y echó la droga en el líquido. Para saber todo eso, hace falta ser de la casa. El palo de golf fue cogido del armario situado debajo de la escalera. No fue un extraño, miss Aldin.

—Pero tampoco fue Nevile. ¡Estoy segura de que no fue Nevile!

—¿Por qué está usted tan segura?

Ella alzó los brazos con ademán impotente.

—Por nada. Sencillamente porque no es propio de él. No hubiera matado a una anciana indefensa en su cama. ¡Nevile!

—No parece muy probable —dijo Battle en tono razonable—, pero se sorprendería usted de las cosas que hace la gente cuando tiene una razón lo bastante poderosa. Puede que Mr. Strange haya tenido una urgente necesidad de dinero.

—Estoy segura de que no. No es un manirroto, nunca lo ha sido.

—No, pero su mujer lo es.

—¿Kay? Sí, puede que sí. Pero todo esto es de lo más ridículo. Estoy segura de que el dinero ha sido lo último en lo que Nevile ha pensado en estos días.

El superintendente Battle tosió.

—Ha tenido otras preocupaciones, al parecer, ¿no?

—Se lo ha dicho Kay, ¿verdad? Sí, en realidad ha sido una situación muy difícil. Pero no tiene nada que ver con este horrible asunto.

—Es probable que no, aunque de todos modos me gustaría oír su versión del asunto, miss Aldin.

Mary contestó lentamente:

—Bueno, pues como iba diciendo, se creó una situación... difícil, partiera la idea de quien partiera.

Él la interrumpió con tacto:

—Tengo entendido que fue idea de Mr. Nevile.

—Eso dice él.

—Pero ¿usted no lo cree?

—Yo no, no me parece propio de Nevile, no sé por qué. Durante todo el tiempo, he tenido la impresión de que alguien le había metido la idea en la cabeza.

—Quizá miss Audrey Strange.

—Parece increíble que Audrey hiciera algo así.

—Pero entonces, ¿quién puede haber sido?

Mary alzó los hombros en ademán impotente.

—No sé. Es muy extraño.

—Extraño —opinó Battle pensativo—. Eso es lo que me parece a mí este caso: extraño.

—Todo ha sido extraño. Últimamente ha flotado algo en el aire como un presentimiento. No puedo describirlo. Una amenaza.

—¿Estaba todo el mundo excitado y en tensión?

—Sí, así es. Todos lo hemos sufrido. Incluso Mr. Latimer... —Se calló.

—Ahora iba a llegar a Mr. Latimer. ¿Qué puede usted decirme de Mr. Latimer, miss Aldin? ¿Quién es Mr. Latimer?

—Lo cierto es que no sé mucho de él. Es amigo de Kay.

—¿Amigo de Mrs. Strange? ¿Hace mucho que se conocen?

—Sí, lo conocía ya antes de casarse.

—¿Le gusta a Mr. Strange?

—Creo que sí.

—¿No hay ningún problema a ese respecto?

Battle lo expresó de un modo delicado. Mary contestó enseguida, categóricamente:

—En absoluto.

—¿Le agradaba Mr. Latimer a lady Tressilian?

—No mucho.

Battle advirtió el tono muy distante de su voz y cambió de tema.

—Veamos ahora: Jane Barrett, la doncella, ¿llevaba mucho tiempo con lady Tressilian? ¿La considera usted digna de confianza?

—Absolutamente. Era muy fiel a lady Tressilian.

Battle se recostó en su butaca.

—¿Le parece a usted del todo imposible que Barrett golpeara en la cabeza a lady Tressilian y luego ella misma se suministrara la droga para evitar sospechas?

—Desde luego. ¿Por qué iba a hacer semejante cosa?

—Recibe un legado.

—Y yo otro —dijo Mary Aldin.

—Sí —dijo Battle—. Y usted otro. ¿Sabe usted a cuánto asciende?

—Mr. Trelawny acaba de llegar. Él me lo ha dicho.

—¿No lo sabía usted con anterioridad?

—No. Desde luego, por lo que en una ocasión me dijo lady Tressilian, suponía que me dejaba algo. Yo tengo muy pocos medios, ¿sabe? No puedo vivir sin trabajar. Creía que lady Tressilian me dejaría por lo menos cien libras al año, pero no estaba segura del modo en que pensaba disponer de su fortuna personal porque sé que tiene varios primos. Naturalmente, sabía que el capital de sir Matthew iba a parar a Nevile y a Audrey.

—Entonces no sabía cuánto le dejaba lady Tressilian —dijo Leach, después de que Mary Aldin hubo salido de la habitación—. Al menos, eso es lo que dice.

—Eso es lo que dice —convino Battle—. Y ahora vamos con la primera mujer de Barba Azul.

VII

Audrey llevaba un traje de chaqueta de franela gris claro. Con ese atuendo parecía tan pálida y fantasmal que Battle recordó las palabras de Kay: «Un fantasma gris que se arrastra por la casa».

Contestó a sus preguntas con sencillez y sin la menor sombra de emoción.

Sí, se había acostado a las diez, a la misma hora que miss Aldin. No había oído nada durante la noche.

—Perdone que me inmiscuya en sus asuntos privados —dijo Battle—, pero dígame, ¿cómo es que se encuentra usted en esta casa?

—Siempre vengo en esta época del año. Este año mi..., mi exesposo quiso venir al mismo tiempo y me preguntó si a mí me importaría.

—¿Fue él quien lo sugirió?

—Sí, desde luego.

—¿No fue usted?

—No, no.

—Pero ¿usted consintió en ello?

—Sí, yo consentí. Me pareció que... no era fácil negarse.

—¿Por qué no, Mrs. Strange?

Su respuesta fue vaga:

—No me gusta ser descortés.

—¿Fue usted la parte ofendida?

—¿Cómo dice?

—¿Fue usted quien pidió el divorcio de su marido?

—Sí.

—¿Siente usted, y perdone, algún rencor contra él?

—No, nada de eso.

—Es usted de una naturaleza muy indulgente, Mrs. Strange.

Ella no contestó. Él trató de hacerla hablar, guardando silencio. Pero Audrey no era Kay y el sistema falló con ella. Permaneció callada, sin mostrar la menor señal de incomodidad. Battle se dio por vencido y siguió con el interrogatorio.

—¿Está usted segura de que este encuentro no fue idea de usted?

—Completamente segura.

—¿Está usted en buenas relaciones con la actual Mrs. Strange?

—No creo que yo le guste demasiado.

—¿Y le gusta a usted ella?

—Sí, la encuentro muy guapa.

—Bien, gracias, creo que esto es todo.

Audrey se puso de pie y se dirigió a la puerta. Luego titubeó y volvió sobre sus pasos.

—Me gustaría decir... —habló nerviosa y rápidamente—. Ustedes creen que fue Nevile el que lo hizo, que la mató por dinero. Estoy segura de que no es cierto. A Nevile nunca le ha importado gran cosa el dinero. Lo sé. He estado casada con él durante ocho años. No puedo imaginármelo matando a alguien así, por dinero, eso no es propio de él. Ya sé que el que yo diga esto no tiene ningún valor como prueba, pero desearía que al menos lo creyeran.

Audrey dio media vuelta y salió de la habitación.

—¿Qué opina usted de ella? —preguntó Leach—. Nunca he visto a nadie tan..., tan desprovisto de emoción.

—No ha demostrado ninguna emoción —dijo Battle—. Pero la lleva dentro. Una emoción muy fuerte. Me gustaría saber qué es...

VIII

Thomas Royde fue el último en pasar. Se sentó solemne y rígido, pestañeando como una lechuza.

Residía en Malasia y era la primera vez que venía a Inglaterra desde hacía ocho años. Acostumbraba a pasar temporadas en Gull's Point desde que era un chiquillo. Mrs. Audrey Strange era prima lejana suya y había sido criada por la familia de él desde que tenía nueve años. La noche anterior se había acostado al filo de las once. Sí, había oído salir a Nevile Strange, pero no le había visto. Nevile se había marchado a eso de las diez y veinte, quizá un poco más tarde. No había oído nada durante la noche. Se había levantado y estaba en el jardín cuando fue descubierto el cadáver de lady Tressilian. Era madrugador.

Se produjo una pausa.

—Miss Aldin nos ha dicho que en la casa había un ambiente de tensión. ¿Lo notó usted?

—Me parece que no. No soy buen observador.

«Eso es mentira —pensó Battle—. Eres buen observador, mejor que muchos.»

—¿Cree usted que Mr. Strange podría tener dificultades económicas?

—No, no creo que Nevile Strange tenga la menor dificultad económica. Desde luego, no da esa impresión.

—¿Conoce usted mucho a la segunda Mrs. Strange?

—Acabo de conocerla aquí.

Battle jugó su última carta.

—Quizá sepa, Mr. Royde, que hemos encontrado las huellas de Mr. Strange en el arma homicida. Y hemos encontrado sangre en la manga de la chaqueta que llevaba anoche.

Hizo una pausa. Royde asintió.

—Él nos lo ha contado —dijo entre dientes.

—Voy a preguntárselo con toda franqueza: ¿Cree usted que lo hizo él?

A Thomas Royde nunca le había gustado que lo presionaran. Esperó un minuto, lo cual era mucho tiempo, antes de responder:

—No sé por qué me lo pregunta a mí. No es asunto mío, sino suyo. Pero yo diría que es muy improbable.

—¿Se le ocurre a usted alguien que le parezca más probable?

Thomas meneó la cabeza.

—La única persona que me parece probable no puede haberlo hecho. Conque así estamos.

—¿Qué persona es esa?

Thomas negó con mayor decisión.

—No puedo decirlo. Es solo una opinión personal.

—Es su deber ayudar a la policía.

—Mi deber es hablarles de todos los hechos. Esto no son hechos, solo una idea. Y, de todos modos, es imposible.

—No hemos sacado mucho de él —dijo Leach cuando Royde se hubo marchado.

—No, no gran cosa. Algo tiene en la cabeza, algo concreto. Me gustaría saber qué es. Jim, hijo mío, este es un crimen muy particular —comentó Battle.

El teléfono sonó varias veces antes de que Leach pudiera contestar. Cogió el aparato y habló. Después de escuchar durante un minuto o dos, dijo: «Bien», y colgó de golpe.

—La sangre de la manga de la chaqueta es humana —anunció—. Del mismo grupo que la de lady Tressilian. Me parece que Nevile Strange lo tiene complicado.

Battle se había acercado a la ventana y miraba hacia fuera con interés.

—Hay un joven muy guapo ahí fuera —observó—. Muy guapo y, a mi parecer, un pinta. Es una pena que Mr. Latimer estuviera en Easterhead Bay anoche. Es de los que aplastarían la cabeza de su propia abuela si creyeran que pueden salir bien parados y sacar algo en limpio.

—Bueno, no ganaba nada con este asunto —dijo Leach—. La muerte de lady Tressilian no le beneficia en absoluto. —El teléfono sonó de nuevo—. ¡Maldito teléfono! ¿Qué ocurre ahora?

Se dirigió al teléfono.

—¡Diga! Ah, ¿es usted, doctor? ¿Qué? Ha vuelto en sí, ¿verdad? ¿Qué? ¿Qué?

Volvió la cabeza.

—Tío, ven a oír esto.

Battle se acercó y cogió el teléfono. Escuchó con el rostro tan inexpresivo como de costumbre.

—Que venga Nevile Strange, Jim.

Cuando Nevile entró en la habitación, Battle estaba colgando el teléfono.

El recién llegado, pálido y con aspecto extremadamente cansado, miró con curiosidad al superintendente de Scotland Yard, tratando de adivinar qué emoción se ocultaba tras aquella máscara inexpresiva.

—Mr. Strange —dijo Battle—, ¿sabe usted de alguien que le tenga aversión?

Nevile siguió mirándole y meneó la cabeza.

—¿Seguro? —Battle estaba muy solemne—. Quiero decir, señor, alguien que le tenga más que aversión, alguien que, francamente, le odie con toda su alma.

Nevile se enderezó.

—No, desde luego que no. En absoluto.

—Piense, Mr. Strange. ¿No hay nadie a quien usted haya ofendido de alguna forma?

Nevile enrojeció.

—Solo puedo decir que he injuriado a una persona y no es de las que alimentan rencor. Me refiero a mi primera mujer, a la que abandoné por otra. Pero puedo asegurarle a usted que no me odia. Ha..., ha sido un ángel.

El superintendente se inclinó hacia delante.

—Permítame que le diga, Mr. Strange, que es usted un hombre con suerte. No es que me gustaran las pruebas que teníamos contra usted, pero eran pruebas. La acusación contra usted habría podido mantenerse sin dificultad y, a menos que al jurado le gustara su personalidad, hubiera sido usted ahorcado.

—Habla usted como si todo perteneciera al pasado —dijo Nevile.

—Así es —respondió Battle—. Se ha salvado usted por pura casualidad.

Nevile le miró con expresión interrogante.

—Después de dejar usted a lady Tressilian —añadió Battle—, la anciana llamó a su doncella.

—Después. Entonces Barrett la vio...

—Sí, la vio viva y con buena salud. Además, antes de entrar en la habitación de la señora, Barrett también le vio a usted salir de casa.

—Pero el palo, mis huellas... —señaló Nevile.

—No la mataron con aquel palo. Al doctor Lazenby no le gustaba demasiado la idea, según pudo observar. La mataron con otra cosa. Aquel palo fue puesto allí deliberadamente para hacer recaer las sospechas sobre usted. Puede haberlo hecho alguien que oyó su disputa y le escogió a usted como víctima propiciatoria, o puede que...

Hizo una pausa y luego repitió la pregunta:

—¿Qué persona de esta casa le odia a usted, Mr. Strange?

IX

—Tengo que hacerle una pregunta, doctor —dijo Battle.

Estaba en casa del médico de regreso del sanatorio, donde habían celebrado una corta entrevista con Janet Barrett.

Barrett estaba débil y exhausta, pero su declaración fue muy clara.

Estaba acostándose, después de haber tomado su infusión, cuando sonó la campanilla de lady Tressilian. Había echado una mirada al reloj, que marcaba las diez y veinticinco.

Se había puesto la bata y había bajado. Había oído un ruido en el vestíbulo y había mirado hacia abajo desde la escalera.

—Era Mr. Nevile, que salía. Estaba cogiendo su gabardina de la percha.

—¿Qué traje llevaba?

—El gris de rayitas finas. Tenía una expresión muy preocupada y disgustada. Metió los brazos en la gabardina de cualquier modo, como si no le importara cómo se la ponía. Luego salió y cerró la puerta de golpe. Yo seguí hasta la habitación de su señoría. Estaba muy amodorrada la pobrecilla y no podía recordar para qué me había llamado. Le ocurría algunas veces. Pero le mullí las almohadas, le llevé un vaso de agua y la dejé bien acomodada.

—¿No parecía disgustada o asustada por algo?

—Solo cansada. Yo también lo estaba y bostezaba mucho. Subí y me acosté enseguida.

Eso fue lo que contó Barrett, y parecía imposible sentir la menor duda sobre la sinceridad de su pena y su horror al enterarse de la muerte de su señora.

Volvieron a casa de Lazenby y fue entonces cuando Battle anunció que tenía que hacer una pregunta.

—Pregunte lo que quiera —dijo Lazenby.

—¿A qué hora cree usted que murió lady Tressilian?

—Ya se lo he dicho. Entre las diez y medianoche.

—Ya sé que eso es lo que nos ha dicho. Pero no es eso lo que yo pregunto. Le pregunto lo que usted, personalmente, cree.

—Extraoficialmente, ¿no es así?

—Sí.

—Bien. Supongo que serían cerca de las once.

—Eso es lo que quería oírle decir —dijo Battle.

—Encantado de servirle. ¿Por qué?

—No me gustaba la idea de que hubiera sido asesinada antes de las diez y veinte. Fíjese en el somnífero suministrado a Barrett. No había seguridad de que a esa hora hubiera hecho efecto. El somnífero prueba que el asesinato estaba dispuesto para mucho más tarde. Yo preferiría medianoche.

—Puede ser. Lo de las once es solo una suposición.

—Pero de ningún modo pudo cometerse el asesinato después de medianoche.

—No.

—¿No pudo haber sido cometido después de las dos y media?

—¡No, por Dios!

—Bueno, eso parece dejar definitivamente fuera del caso a Strange. Solo tengo que comprobar sus movimientos desde que salió de la casa. Si dice la verdad, quedará limpio de culpa y podremos continuar con los otros sospechosos.

—¿Los otros que heredan dinero? —insinuó Leach.

—Quizá —admitió Battle—. Pero no sé por qué no lo creo. Ando buscando a alguien con una manía.

—¿Una manía?

—Sí, una manía muy desagradable.

Cuando salieron de la casa del médico, tomaron la dirección del transbordador. Este consistía en un bote de remos manejado por dos hermanos, Will y George Barnes. Los hermanos Barnes conocían de vista a todos los habitantes de Saltcreek y a la mayor parte de los de Easterhead Bay. George dijo inmediatamente que Mr. Strange, de Gull's Point, había cruzado el río la noche anterior a las diez y media. No, no lo había traído de vuelta. El último transbordador había salido de la orilla de Easterhead a la una y media y Mr. Strange no iba en él.

Battle le preguntó si conocía a Mr. Latimer.

—¿Latimer? ¿Latimer? ¿Un señor joven, alto y bien parecido? ¿Que está en el hotel y va mucho a Gull's Point? Sí, lo conozco. Pero no lo vi anoche. Ha venido esta mañana y ha vuelto en el último viaje.

Cruzaron en el transbordador y se dirigieron al hotel Easterhead Bay.

Allí encontraron a Mr. Latimer, que acababa de llegar de la otra orilla. Había cruzado en el transbordador anterior al de ellos.

Latimer estaba muy dispuesto a ayudarles en todo lo que le fuera posible.

—Sí, Nevile vino aquí anoche. Parecía muy disgustado por algo. Me dijo que había tenido una discusión con la anciana. También había reñido con Kay. Pero eso, naturalmente, no me lo dijo. En cualquier caso, estaba bastante abatido. Por una vez en la vida, parecía muy contento de mi compañía.

—Tengo entendido que tardó en encontrarle a usted, ¿verdad?

—No sé cómo pudo ser eso —replicó Latimer al instante—. Estaba sentado en el salón. Strange dice que miró y no me vio, pero no estaba en condiciones de concentrarse. O puede que yo hubiera salido al jardín durante cinco minutos. Siempre que puedo, salgo. Hay un olor horrible en ese hotel. Lo noté anoche en el bar. Deben de ser los desagües. Strange también habló de ellos. Los dos lo notamos. Es un olor horrible a podrido. Debe de haber una rata muerta debajo del piso del salón de billar.

—Jugaron ustedes al billar, ¿y después?

—Ah, hablamos un poco, tomamos una copa o dos... Luego Nevile dijo: «¡Vaya, he perdido el transbordador!», y yo le dije que sacaría el coche y le llevaría a su casa, y así lo hice. Llegamos allí a eso de las dos y media.

—¿Y estuvo Mr. Strange con usted toda la noche?

—Sí, sí. Pregunte a cualquiera. Todos pueden confirmarlo con seguridad.

—Gracias, Mr. Latimer. Tenemos que andar con mucho cuidado.

Leach preguntó, después de dejar al sonriente y seguro joven:

—¿Qué busca usted al comprobar con tanto cuidado los movimientos de Nevile Strange?

Battle sonrió. Leach comprendió de pronto.

—¡Dios santo! ¡Son los movimientos del otro los que está comprobando!

—Es demasiado pronto para tener ideas —dijo Battle—. Lo único que quería era conocer con exactitud dónde estaba Mr. Ted Latimer anoche. Sabemos que, desde las once y cuarto y digamos hasta después de medianoche, estuvo con Nevile Strange. Pero ¿dónde estaba antes de eso, cuando Strange llegó al hotel y, después de mucho buscar, no pudo encontrarlo?

Continuaron tenazmente sus indagaciones, interrogaron a los empleados del bar, los camareros, los ascensoristas. Latimer había sido visto en el salón entre las nueve y las diez. Había estado en el bar hasta las diez y cuarto, pero entre esa hora y las once y veinte parecía haberse mostrado extraordinariamente esquivo. Luego apareció una doncella que declaró que Mr. Latimer había estado «en una de las salas del hotel con Mrs. Beddoes, una gruesa señora del norte».

Al apremiarla respecto a la hora, dijo que creía que sería a eso de las once.

—Eso lo aclara todo —afirmó Battle sombrío—. Está demostrado que estaba aquí. Solo que no quería llamar la atención sobre su gorda y, sin duda, rica amiga. Esto nos lleva de nuevo hacia los demás: los criados, Kay Strange, Audrey Strange, Mary Aldin, Thomas Royde. Uno de ellos mató a la anciana, pero ¿cuál de ellos? Si pudiéramos encontrar el arma...

Se detuvo y se golpeó de repente la pierna.

—Ya lo tengo, Jim, hijo mío. Ya sé lo que me hizo pensar en Hércules Poirot. Vamos a tomar un bocado. Después volveremos a Gull's Point y te enseñaré algo.

X

Mary Aldin estaba inquieta. Entró en la casa, volvió a salir, arrancó aquí y allá una dalia marchita, volvió al salón y se puso a cambiar de sitio los jarrones, sin darse cuenta de lo que hacía.

De la biblioteca llegaba un vago murmullo de voces. Mr. Trelawny estaba allí con Nevile. Kay y Audrey no estaban a la vista.

Mary volvió a salir al jardín. A lo lejos, junto al muro, divisó a Thomas Royde, que fumaba plácidamente, y se acercó a él.

—¡Dios mío! —exclamó; se sentó a su lado y exhaló un profundo suspiro.

—¿Pasa algo? —preguntó Thomas.

Mary se rio; en su risa había una nota de histeria.

—Nadie sino tú diría algo así. ¿Con un asesinato en la casa y preguntas si ha pasado algo?

Ligeramente sorprendido, Thomas replicó:

—Quería decir algo nuevo.

—Sí, ya sé lo que querías decir. Es verdaderamente maravilloso encontrar a alguien como tú, igual que todos los días.

—No sirve de mucho ponerse nervioso, ¿verdad?

—No, claro que no. Eres de lo más razonable. Lo que no comprendo es cómo te las arreglas para conseguirlo.

—Bueno, supongo que será porque soy de fuera.

—Sí, eso es cierto. No puedes sentir el mismo alivio que sentimos nosotros al quedar Nevile libre de toda sospecha.

—Yo me alegro mucho, desde luego —le señaló Royde.

Mary se estremeció.

—La cosa ha ido muy justa. Si a Camilla no se le hubiera pasado por la cabeza llamar a Barrett después de que Nevile la dejara...

No acabó la frase. Thomas la terminó por ella.

—Entonces a Nevile no lo hubiera salvado nadie.

Lo dijo con un tono de satisfacción sombría. Luego, al sorprender la mirada de reproche de Mary, meneó la cabeza con una leve sonrisa.

—No es que no tenga corazón, pero ahora que Nevile está a salvo, no puedo evitar alegrarme de que se haya llevado un susto. Está siempre tan satisfecho de sí mismo.

—No, Thomas, en realidad no lo está.

—Puede que no. Es su pose. En cualquier caso, esta mañana estaba muerto de miedo.

—¡Tienes una vena de crueldad!

—De todos modos, ahora ya ha pasado todo. ¿Sabes, Mary? Incluso en este asunto, Nevile ha tenido su endiablada suerte de siempre. Cualquier pobre desgraciado, con todas las pruebas que se habían acumulado contra él, no hubiera salido tan bien parado.

Mary se estremeció de nuevo.

—No digas eso. Me gusta creer que los inocentes están protegidos por la Providencia.

—¿Sí, querida? —Su voz era suave.

Mary estalló de pronto:

—Thomas, estoy preocupada. Estoy preocupadísima.

—¿Por qué?

—Por lo de Mr. Treves.

Thomas dejó su pipa.

—¿Qué pasa con Mr. Treves? —preguntó con un tono distinto mientras se inclinaba para recogerla.

—La noche que estuvo aquí..., aquella historia que contó sobre un niño asesinado. He estado pensando en ello, Thomas. ¿Sería tan solo un cuento? ¿O lo diría con un propósito determinado? Lo dijo por algo.

—¿Quieres decir —preguntó Royde despacio— que la historia iba dirigida a alguien que estaba en la habitación?

—Sí —susurró Mary.

—Yo también he pensado en ello —señaló Thomas en voz baja—. En realidad, era en eso en lo que pensaba hace un momento, cuando has llegado.

Mary entornó los párpados.

—He estado intentando recordar... Contó la historia con premeditación. Casi la metió a la fuerza en la conversación. Y dijo que reconocería a la persona dondequiera que fuese. Hizo hincapié en eso. Como si la hubiera reconocido ya.

—¡Hum! —dijo Thomas—. Ya he pensado en todo eso.

—Pero ¿por qué lo hizo? ¿Qué fin perseguía?

—Supongo que sería una especie de aviso. Para que no lo intentara de nuevo.

—¿Quieres decir que Mr. Treves sabía que Camilla iba a ser asesinada?

—No. Creo que eso sería demasiado fantástico. Pudo haber sido solo una advertencia general.

—Lo que también he estado preguntándome es si no deberíamos decírselo a la policía.

También a este punto le concedió Thomas toda su atención.

—Creo que no —contestó al fin—. No creo que sea pertinente. No es como si Treves estuviera vivo y pudiera decirles algo.

—No —dijo Mary—. ¡Está muerto!

Se estremeció.

—Thomas, es tan extraño el modo en que murió...

—Un ataque al corazón. Padecía del corazón.

—Quiero decir todo aquello tan extraño del ascensor estropeado. No me gusta.

—Tampoco a mí me gusta demasiado —afirmó Thomas Royde.

XI

El superintendente Battle paseó la mirada por el dormitorio. La cama había sido hecha, pero aparte de eso nada había cambiado. Estaba ordenado la primera vez que habían entrado allí. Y ahora seguía así.

—Eso es —dijo, y señaló el anticuado guardafuegos de acero—. ¿Ves algo raro en ese guardafuegos?

—Debe de costar mucho trabajo limpiarlo —respondió Jim Leach—. Está bien conservado. Yo no veo nada extraño, a no ser... Sí, el pomo de la izquierda está más brillante que el de la derecha.

—Eso es lo que me hizo pensar en Poirot —explicó Battle—. Ya conoces su manía de que todas las cosas sean absolutamente simétricas. Se excita mucho. Debo de haber pensado inconscientemente: «Esto le hubiera molestado al bueno de Poirot», y luego he empezado a hablar de él. Traiga su equipo de huellas, Jones, echaremos un vistazo a esos dos pomos.

Jones informó cuando acabó el trabajo:

—Hay huellas en el pomo de la derecha, señor, y no hay ninguna en el de la izquierda.

—Entonces el que nos interesa es el de la izquierda. Esas otras huellas son de la doncella, de cuando lo limpió la última vez. El de la izquierda no ha sido limpiado desde entonces.

—Había un trozo de papel de lija arrugado en esta papelera —afirmó Jones—. No he creído que tuviera el menor significado.

—Porque entonces no sabía usted lo que andaba buscando. Ahora con cuidado. Apuesto algo a que ese pomo se desenrosca..., sí, ya me parecía.

Momentos más tarde, Jones sostenía el pomo en alto.

—Pesa bastante —comentó sopesándolo.

Después de revisar el objeto, Leach dijo:

—Hay algo oscuro... en la rosca.

—Probablemente, sangre —señaló Battle—. Limpiaron el pomo, lo secaron, y esa manchita de la rosca pasó inadvertida. Les apuesto lo que quieran a que esta es el arma que aplastó el cráneo de la señora. Pero hay que encontrar algo más. Jones, queda usted encargado de registrar de nuevo la casa. Esta vez sabe exactamente lo que busca.

Le dio unas cuantas instrucciones rápidas y detalladas. Se acercó a la ventana y asomó la cabeza.

—Hay algo amarillo escondido entre la hierba. Puede que sea otra pieza del rompecabezas. Creo que lo es.

XII

Al cruzar el vestíbulo, el superintendente Battle fue abordado por Mary Aldin.

—¿Puedo hablar con usted un momento, superintendente?

—Desde luego, miss Aldin. ¿Pasamos aquí?

Battle abrió la puerta del comedor. Hurstall ya había retirado el servicio de la mesa.

—Quiero preguntarle algo, superintendente. Usted no lo cree, ¿verdad?, es imposible que siga creyendo que este crimen espantoso ha sido cometido por uno de nosotros... ¡Tiene que haber sido alguien de fuera! ¡Algún loco!

—Puede que no ande usted muy equivocada, miss Aldin. Si no me engaño, la palabra *loco* le encaja muy bien a ese crimen. Pero no fue un extraño.

Mary abrió mucho los ojos.

—Usted está pensando —añadió Battle— en alguien que echa espuma por la boca y a quien le giran los ojos. La locura no es así. Algunos de los más peligrosos criminales lunáticos parecen tan cuerdos como usted o como yo. Por lo general, tienen una obsesión. Una idea tortura su mente y la va pervirtiendo gradualmente. Hay personas razonables, patéticas, que acuden a uno y le explican que están siendo objeto de una persecución y que todo el mundo las espía, y uno a veces piensa que todo puede ser verdad.

—Estoy segura de que no hay nadie aquí que se imagine que le persiguen.

—Solo he puesto este caso como ejemplo. Hay otras formas de locura. Pero creo que el que ha cometido este crimen es alguien dominado por una idea fija, una idea sobre la que ha rumiado mucho tiempo, hasta que realmente ninguna otra cosa tuvo para él la menor importancia.

Mary se estremeció.

—Creo que hay algo que debe usted saber.

Hizo una relación clara y concisa de la visita de Mr. Treves y de la historia que había contado. El superintendente Battle se mostró muy interesado.

—¿Dijo que podía reconocer a la persona en cuestión? Por cierto, ¿no dijo si era hombre o mujer?

—Yo supuse que la historia se refería a un chico, pero lo

cierto es que Mr. Treves no lo especificó. Ahora recuerdo que dijo claramente que no iba a dar detalles respecto al sexo o la edad de la persona.

—¿Sí? Puede que eso sea muy significativo. ¿Y dijo que había una seña personal por la cual podría reconocer al niño en cualquier sitio y con toda seguridad?

—Sí.

—Una cicatriz, a lo mejor. ¿Tiene alguno de ustedes una cicatriz?

Él observó la ligera vacilación de Mary Aldin antes de contestar:

—No, que yo sepa.

—Vamos, miss Aldin. —Battle sonrió—. Usted ha observado algo. Y si es así, ¿no cree usted que yo también lo observaré?

Ella meneó la cabeza.

—No, no he observado nada.

Sin embargo, él comprendió que Mary estaba asustada y turbada. Era evidente que sus palabras habían conducido sus pensamientos por un cauce desagradable. Le gustaría saber en qué pensaba, pero sabía por experiencia que presionarla en aquel momento no hubiera aportado ningún resultado positivo.

Volvió a llevar la conversación hacia Mr. Treves.

Mary le habló del fin trágico que había tenido aquella noche.

Battle la interrogó con cierta extensión. Luego dijo en voz baja:

—Esto es nuevo para mí. Nunca me había tropezado con algo así.

—¿Qué quiere decir?

—Nunca he tropezado con un asesinato cometido por el sencillo procedimiento de poner un cartel en un ascensor.

Ella se horrorizó.

—¿No creerá usted...?

—¿Que fue un asesinato? ¡Claro que lo fue! Un asesinato rápido, improvisado. Pudo no haber resultado, desde luego, pero resultó.

—Y todo porque Mr. Treves sabía...

—Sí. Porque hubiera podido dirigir nuestra atención hacia una persona determinada de esta casa. De este modo, hemos empezado a oscuras. Pero ahora vislumbramos un poco de luz y, cada minuto que pasa, el caso se aclara. Le diré algo, miss Aldin: este asesinato ha sido planeado con todo cuidado y hasta el último detalle. Y quiero grabarle una cosa en la cabeza: no le diga a nadie que me ha contado esto. Es importante. Fíjese bien: a nadie.

Mary asintió. Todavía parecía aturdida.

El superintendente Battle salió de la habitación y se dispuso a realizar lo que iba a hacer cuando Mary Aldin lo interceptó. Era un hombre metódico. Necesitaba obtener cierta información y, por mucho que le tentara, una nueva y prometedora pista no lo apartaría de cumplir con su deber.

Llamó con los nudillos a la puerta de la biblioteca y la voz de Nevile Strange exclamó:

—¡Adelante!

A Battle le presentaron a Mr. Trelawny, un hombre alto, de aspecto distinguido y de mirada astuta.

—Siento interrumpirles —se excusó el superintendente—, pero hay algo que no veo claro. Usted, Mr. Strange, hereda la mitad de la fortuna del difunto sir Matthew. Pero ¿quién hereda la otra mitad?

Nevile se mostró sorprendido.

—Se lo he dicho. Mi esposa.

—Sí, pero... —Battle tosió con desaprobación—. ¿Cuál de ellas, Mr. Strange?

—Ah, comprendo. Sí, me he expresado mal. El dinero va a parar a Audrey, que era mi esposa en la época en que fue hecho el testamento. ¿No es así, Mr. Trelawny?

El abogado asintió.

—Está expresado con toda claridad. La fortuna se divide entre el pupilo de sir Matthew, Nevile Henry Strange, y su esposa, Audrey Elizabeth Strange, de soltera Standish. El divorcio subsiguiente no altera en lo más mínimo la cuestión.

—Está claro entonces —manifestó Battle—. Supongo que Mrs. Audrey Strange está enterada de este hecho.

—Desde luego —dijo Mr. Trelawny.

—¿Y la actual Mrs. Strange?

—¿Kay? —Nevile pareció ligeramente sorprendido—. Supongo que sí. Claro que nunca he hablado mucho de esto con ella...

—Creo que se encontrará usted con que su esposa sufre un error —señaló Battle—. Ella cree que el dinero, a la muerte de lady Tressilian, pasa a poder de usted y de su actual esposa. Al menos, eso es lo que me ha dado a entender esta mañana. Por eso he venido a enterarme de cuál es la verdadera situación.

—¡Es extraordinario! —señaló Nevile—. Sin embargo, supongo que la confusión ha sido fácil. Ahora que pienso en ello, dijo en una o dos ocasiones: «El dinero pasará a nuestro poder cuando Camilla muera». Pero me figuré, supongo, que estaba asociándose conmigo en mi parte de la herencia.

—Es increíble cuánta incomprensión existe entre dos personas que discuten un asunto con frecuencia, cada uno dando por sentado algo distinto y sin que ninguno descubra la discrepancia —comentó Battle.

—Sí, supongo que sí —manifestó Nevile, sin mostrar mucho interés—. De todos modos, en este caso no importa demasiado. No es como si estuviéramos necesitados de dinero. Yo me alegro por Audrey. Ha andado bastante apurada y eso supondrá mucho para ella.

—Pero cuando se divorciaron tendría derecho a una

asignación por parte de usted, ¿verdad? —dijo Battle con rudeza.

Nevile enrojeció.

—Hay cosas como..., como el orgullo, superintendente. Audrey ha rehusado siempre con insistencia tocar un solo penique de la asignación que yo quería concederle.

—Una asignación muy generosa —intervino Mr. Trelawny—. Pero Mrs. Audrey Strange ha rehusado aceptarla y la ha devuelto siempre.

—Muy interesante —reconoció Battle, y salió de la habitación antes de que nadie le pidiera que completara su comentario.

Al salir, se encontró con su sobrino.

—Al parecer —dijo—, casi todos los que intervienen en este caso tienen un buen motivo monetario. Nevile Strange y Audrey Strange heredan cada uno cincuenta mil libras. Mary Aldin percibe una renta que le permitirá vivir sin trabajar. Thomas Royde no gana nada, debo reconocerlo. Pero podemos incluir a Hurstall, e incluso a Barrett, si admitimos el hecho de que haya arriesgado su vida para evitar sospechas. Sí, como digo, no faltan los motivos de dinero. Y, sin embargo, o mucho me equivoco o el dinero no tiene nada que ver con todo esto. Si existe el asesinato por puro odio, este es uno de ellos. ¡Y si no me estropean el juego, voy a atrapar a quien lo hizo!

XIII

Angus MacWhirter estaba sentado en la terraza del hotel Easterhead Bay y miraba, a través del río, el torvo promontorio de Stark Head.

Estaba analizando con cuidado todos sus pensamientos y emociones.

No podría decir qué era lo que le había llevado a pasar

sus últimos días de holganza en aquel lugar. Sin embargo, algo le había llevado allí. Puede que fuera el deseo de hacer una prueba consigo mismo, comprobar si quedaba en su corazón algo de su antigua desesperación.

¿Mona? ¡Qué poco le importaba ahora! Estaba casada con otro. Un día se había cruzado con ella en la calle sin sentir la menor emoción. Recordó su dolor y su amargura cuando ella lo dejó, pero ahora todo estaba muerto y enterrado.

Le hizo volver a la realidad el impacto de un perro mojado y la llamada frenética de su nueva amiga, miss Diana Brintom, de trece años.

—¡Ven, Don! ¡Que vengas! ¡Es horrible! Ha encontrado un pescado o algo parecido en la playa. Huele a muchos metros de distancia. ¡El pescado debe de llevar muerto un siglo!

El olfato de MacWhirter confirmó esa suposición.

—Estaba en una grieta, en las rocas —le explicó miss Diana—. He llevado el perro al mar y he tratado de quitarle el olor, pero no parece que lo haya conseguido.

MacWhirter asintió. Don, el terrier de pelo duro, sociable y encantador, parecía ofendido por la insistencia de sus amigos en mantenerlo a cierta distancia.

—El agua de mar no sirve para eso —dijo MacWhirter—. Agua caliente y jabón es lo único.

—Ya lo sé. Pero eso no es tan fácil en un hotel. No tenemos baño privado.

MacWhirter y Diana entraron subrepticiamente por la puerta lateral, llevando sujeto a Don. Una vez en el cuarto de baño de MacWhirter, lavaron al perro a conciencia y tanto este como Diana acabaron empapados.

Don estaba muy triste cuando el baño terminó. Otra vez aquel repugnante olor a jabón, justo cuando había encontrado un perfume realmente agradable, que cualquier otro perro envidiaría. Bueno, siempre ocurría lo mismo con los humanos, no tenían sentido del olfato.

El pequeño incidente había puesto a MacWhirter de mejor humor. Cogió el autobús de Saltington, donde había dejado un traje para limpiar.

La chica encargada del establecimiento de «Limpieza en 24 horas» lo miró con expresión vaga.

—¿Dice usted MacWhirter? Creo que aún no está.

—Tiene que estar.

Le habían prometido el traje para el día anterior y, aun así, habrían sido cuarenta y ocho horas, no veinticuatro. Una mujer posiblemente hubiera dicho todo esto. MacWhirter se limitó a ponerle mal gesto.

—No ha habido tiempo de hacerlo todavía —añadió la chica, sonriendo con indiferencia.

—Tonterías.

La chica dejó de sonreír.

—Entonces me lo llevaré como está —afirmó MacWhirter.

—No se le ha hecho nada —advirtió la chica.

—Me lo llevo.

—Es posible que podamos tenérselo para mañana, como un favor especial.

—No tengo por costumbre pedir favores especiales. Deme el traje, por favor.

Enfadada, la chica se dirigió a la trastienda. Volvió con un paquete mal envuelto, que empujó a lo largo del mostrador.

MacWhirter lo cogió y salió de la tienda.

Experimentaba la absurda sensación de haber obtenido una victoria. En realidad, el incidente solo significaba que tendría que mandar a limpiar el traje a otro sitio.

Cuando llegó al hotel, tiró el paquete encima de la cama y lo miró con irritación. Puede que pudieran limpiarlo y plancharlo en el hotel. En el fondo no estaba demasiado mal, a lo mejor ni siquiera le hacía falta limpiarlo.

Deshizo el paquete y lanzó una exclamación de disgusto. La verdad es que no había palabras con las que expresar la falta de eficiencia de aquel establecimiento. Aquel traje no era el suyo. Ni siquiera era del mismo color. Él les había dejado un traje azul oscuro. ¡Impertinentes, ineficaces y embrollones! ¡Qué gente!

Miró irritado la etiqueta. Tenía el nombre de MacWhirter. ¡Otro MacWhirter! ¿O un estúpido cambio de etiquetas?

Mientras miraba enojado las prendas arrugadas, empezó a olfatear.

Estaba seguro de conocer aquel olor, un olor especialmente desagradable, relacionado de alguna forma con un perro. Sí, eso era. Diana y su perro. Sin el menor género de duda, era el olor a pescado podrido.

Se inclinó y examinó el traje. Allí estaba. En el hombro de la chaqueta había una mancha descolorida. En el hombro...

«¡Qué curioso!», pensó MacWhirter.

En cualquier caso, al día siguiente hablaría seriamente con la chica de la tintorería. ¡Vaya organización!

XIV

Después de cenar, salió despacio del hotel y siguió por la carretera hasta el transbordador. La noche era clara, aunque fría, y hacía presentir la próxima llegada del otoño. El verano había terminado.

MacWhirter cruzó en el transbordador a la orilla de Saltcreek. Era la segunda vez que iba a Stark Head. El lugar le fascinaba. Subió despacio la colina, pasando junto al hotel Balmoral Court, y, a continuación, una casa grande situada sobre un acantilado. En la puerta leyó el nombre: Gull's Point. Claro, allí era donde la anciana señora había sido asesinada. Había sido la comidilla del hotel y la camarera se había empeñado en contárselo todo, y los periódicos habían destacado el caso de un modo que molestaba a MacWhirter, que prefería leer noticias internacionales y al que no le interesaban los crímenes.

Continuó la marcha y bajó la colina bordeando una pequeña playa y algunas viejas casitas de pescadores que habían sido modernizadas. Luego la carretera volvía a subir y terminaba perdiéndose en el camino que conducía a Stark Head.

En Stark Head el espectáculo era sombrío e impresionante. MacWhirter permaneció en el borde del acantilado, mirando al mar. Así había estado aquella noche. Trató de revivir parte de sus sentimientos de entonces: desesperación, rabia, cansancio, el deseo de terminar con todo. Pero no le fue posible. Todo había muerto. En su lugar había una cólera fría. Atrapado en aquel árbol, rescatado por los guardacostas, y después en el hospital, tratado como un niño malcriado. Toda una serie de indignidades y afrentas. ¿Por qué no lo habían dejado en paz? Hubiera preferido mil veces terminar con todo. Seguía sintiendo lo mismo. Lo único que había perdido era el ímpetu necesario.

¡Cuánto daño le hacía entonces pensar en Mona! Ahora podía pensar en ella con toda tranquilidad. Siempre había sido bastante tonta. Se encaprichaba fácilmente con el primero que halagaba su vanidad o alentaba la idea que tenía de sí misma. Era muy guapa. Sí, muy guapa. Pero no tenía inteligencia, no era la clase de mujer con la que había soñado.

Sin embargo la belleza era así, una imagen vaga y soñada de una mujer flotando en la noche, las blancas vestiduras ondeando tras ella... Algo así como el mascarón de proa de un buque, solo que no tan sólido.

Y entonces, con dramática precipitación, ocurrió lo increíble. De la noche surgió una figura flotante, una figura blanca que corría hacia el borde del acantilado. Una figura hermosa y desesperada, empujada a la destrucción por las furias que la perseguían. Corría con una desesperación terrible... Él conocía aquella desesperación. Sabía lo que significaba...

MacWhirter se precipitó fuera de las sombras y la cogió justo cuando llegaba velozmente al borde del acantilado.

—No, no lo haga —dijo con furia.

Fue como apresar un pájaro. Luchó en silencio y luego, como un pájaro, se quedó completamente inmóvil.

—¡No se tire! —insistió él—. No vale la pena hacerlo por nada. Nada. Aunque esté usted desesperada...

Ella emitió un sonido. Fue como la sombra remota de una risa.

—¿Qué le pasa?

Ella contestó con una sola palabra, dicha en voz baja:

—Miedo.

—¿Miedo?

Se quedó tan sorprendido que la soltó y dio un paso atrás para verla mejor.

De repente comprendió la veracidad de sus palabras. Era miedo lo que había dado aquella rapidez a sus pasos. Era miedo lo que hacía que su pequeño rostro, pálido e inteligente, pareciera vacío y estúpido. Un miedo que dilataba sus ojos, que contraía sus facciones.

—¿De qué tiene miedo? —preguntó incrédulo.

Ella contestó en voz tan baja que MacWhirter apenas pudo oírla:

—Tengo miedo de ser ahorcada...

Sí, era eso lo que había dicho. Él se la quedó mirando largo rato. Luego apartó la mirada para contemplar el borde del acantilado.

—¿Así que es por eso?

—Sí. Una muerte rápida en vez de...

Cerró los ojos y se estremeció.

MacWhirter iba atando cabos en un proceso lógico. Por último dijo:

—¿Lady Tressilian? ¿La anciana que fue asesinada? —Y añadió en tono acusador—: Usted es Mrs. Strange, la primera Mrs. Strange.

Sin dejar de temblar, ella asintió.

MacWhirter continuó, con voz lenta y cuidadosa, tratando de recordar todo lo que había oído. Los rumores habían sido mezclados con los hechos.

—Detuvieron a su esposo, ¿verdad? Había muchas pruebas contra él. Y luego descubrieron que habían sido falseadas por alguien.

Se calló y se la quedó mirando. Ella ya no temblaba. En cambio, lo miraba como una niña dócil. A él su actitud le pareció conmovedora hasta un grado casi insoportable.

—Ya veo —añadió—. Sí, veo cómo ocurrió. Él la dejó... —No terminó la frase y dijo—: Comprendo. Mi mujer me dejo por otro...

Ella se desprendió de sus brazos y empezó a tartamudear desesperadamente:

—N-n-no..., no es eso. N-no..., no, nada de eso...

Él la interrumpió con brusquedad. Su voz era dura y autoritaria:

—Vuelva a casa. Ya no tiene por qué tener miedo. ¿Me oye? Yo me ocuparé de que no la cuelguen.

XV

Mary Aldin estaba echada en el sofá del salón. Le dolía la cabeza y todo su cuerpo estaba agotado.

La indagatoria había tenido lugar el día anterior y, después de la identificación del cadáver, había sido aplazada para una semana más tarde.

El funeral de lady Tressilian se celebraría al día siguiente. Audrey y Kay habían ido a Saltington en el coche para comprar algunos trajes de luto y Ted Latimer las acompañaba. Nevile y Royde habían ido a dar una vuelta, de modo que, con excepción de los criados, Mary estaba sola en la casa.

El superintendente Battle y el inspector Leach tampoco habían aparecido aquel día, y eso también era un alivio. A Mary le daba la impresión de que, con su ausencia, desaparecía una sombra. Habían sido correctos, muy agradables, a decir verdad, pero las preguntas sin fin, la deliberada comprobación y la tergiversación de todos los hechos excitaban los nervios. El superintendente de rostro impasible debía de conocer ya todos los incidentes, todas las palabras, incluso cada gesto de los últimos diez días.

Ahora que se habían marchado había paz. Mary se dispuso a descansar. Lo olvidaría todo. Lo olvidaría todo..., todo. Solo quería tumbarse y descansar.

—Perdone, señorita...

Hurstall apareció en la puerta con aire de disculpa.

—¿Qué pasa, Hurstall?

—Un caballero desea verle. Le he hecho pasar al estudio.

Mary lo miró asombrada y con cierta irritación.

—¿Quién es?

—Ha dado el nombre de Mr. MacWhirter, señorita.

—Nunca he oído ese nombre.

—No, señorita.

—Será un periodista. No debía haberle dejado pasar, Hurstall.

Este tosió.

—No creo que sea un periodista, señorita. Creo que es un amigo de miss Audrey.

—Ah, eso es otra cosa.

Mary se arregló el pelo, cruzó el vestíbulo con andar cansado y entró en el pequeño estudio. Sin saber por qué, se sorprendió un poco cuando el hombre alto que estaba de pie junto a la ventana se volvió. No tenía aspecto de ser amigo de Audrey.

Sin embargo, Mary dijo con amabilidad:

—Siento que Mrs. Strange no esté. ¿Quería usted verla?

Él la miró inquisitivo.

—Es usted miss Aldin, ¿verdad?

—Sí.

—Supongo que también usted podrá ayudarme igual. Quiero encontrar una soga.

—¿Una soga? —repitió Mary sorprendida.

—Sí, una cuerda. ¿Dónde es más probable que guarden ustedes un rollo de cuerda?

Más tarde, Mary consideró que había actuado como si estuviera hipnotizada. Si aquel hombre extraño hubiese ofrecido alguna explicación, puede que ella se hubiera resistido. Pero Angus MacWhirter, incapaz de pensar en una explicación plausible, decidió, muy prudentemente, pasarse sin ella. Se limitó a expresar con toda sencillez lo que quería. Mary, con la mente no muy clara, se vio conduciendo a MacWhirter en busca de una cuerda.

—¿Qué clase de cuerda? —había preguntado.

Y él había contestado:

—Cualquiera servirá.

Ella dijo, dudando:

—Puede que en el cobertizo del jardín...

—¿Vamos allá?

Ella dirigió la marcha. Hallaron un bramante y un trozo de cuerda fina, pero MacWhirter meneó con la cabeza.

Él quería una soga, un rollo de soga de buen tamaño.

—También tenemos el cuarto trastero —dijo Mary indecisa.

—Sí, ese puede que sea el sitio indicado.

Entraron en la casa y subieron las escaleras. Mary abrió la puerta del trastero. MacWhirter se quedó en el umbral, mirando al interior. De pronto, lanzó un curioso suspiro de satisfacción.

—Ahí está.

Encima de un arcón y en compañía de viejos aparejos de pesca y cojines comidos por la polilla había un grueso rollo de soga. MacWhirter puso una mano en el brazo de Mary y la empujó con suavidad hacia dentro, ambos mirando la soga.

—Quisiera que grabase esto en su memoria, miss Aldin —dijo él tocando la soga—. Observará usted que todo lo que hay aquí está lleno de polvo. Esta soga no tiene polvo. Tóquela.

—Está algo húmeda —comentó ella en tono de sorpresa.

—Exacto.

Él se volvió para salir.

—Pero ¿y la soga? Creía que la necesitaba usted —dijo Mary, sorprendida.

MacWhirter sonrió.

—Solo quería saber que estaba ahí. Eso es todo. ¿Le importaría cerrar esta puerta y guardar la llave, miss Aldin? Sí. Le quedaría muy reconocido si le entregara usted la llave al superintendente Battle o al inspector Leach. Estaría mejor en sus manos.

Mientras bajaban las escaleras, Mary hizo un esfuerzo por recobrarse. Cuando llegaron al vestíbulo principal, protestó:

—Realmente, no comprendo...

—No es necesario que comprenda —manifestó MacWhirter con firmeza. Le cogió la mano y se la estrechó calurosamente—. Le estoy muy agradecido por su colaboración.

Sin añadir nada más, salió por la puerta principal. Mary se preguntó si habría estado soñando.

Nevile y Thomas no tardaron en volver y el coche lo hizo poco después. Mary Aldin sintió envidia de la alegría que demostraban Kay y Ted, que reían y bromeaban juntos. Y, después de todo, ¿por qué no habrían de hacerlo?, pensó. Camilla Tressilian no había significado nada para Kay. Toda aquella tragedia había sido muy dura para una criatura joven y brillante como ella.

Acababan de almorzar cuando llegó la policía. Había una nota de miedo en la voz de Hurstall al anunciar que el superintendente Battle y el inspector Leach estaban en el salón.

El superintendente los saludó con expresión satisfecha.

—Espero no haberlos molestado —se disculpó—. Pero me gustaría saber unas cosas. Por ejemplo, ¿a quién pertenece este guante?

Y mostró un pequeño guante de gamuza amarilla.

—¿Es suyo, Mrs. Strange? —le preguntó a Audrey.

Ella meneó la cabeza.

—No, no, no es mío.

—¿Suyo, miss Aldin?

—No creo. No tengo ninguno de ese color.

—¿Me deja ver? —Kay extendió una mano—. No.

—¿Quiere hacer el favor de ponérselo?

Kay lo intentó, pero el guante era demasiado pequeño.

—¿Usted, miss Aldin?

Mary se lo probó a su vez.

—También es demasiado pequeño para usted —le dijo Battle. Se volvió hacia Audrey—: Creo que a usted le vendrá a la medida. Su mano es más pequeña que las de las otras.

Audrey cogió el guante y lo deslizó en su mano derecha.

Nevile Strange intervino con viveza:

—Ya le ha dicho a usted, Battle, que el guante no es suyo.

—Pero puede que se haya equivocado. O quizá no.

—Puede que sea mío —comentó Audrey—, los guantes se parecen tanto unos a otros, ¿verdad?

—En cualquier caso fue encontrado en la parte exterior de su ventana, Mrs. Strange, escondido en la hierba, con la pareja.

Se produjo una pausa. Audrey abrió la boca para hablar, pero la cerró de nuevo. Ante la mirada del superintendente Battle, bajó los ojos.

Nevile se adelantó hacia el policía.

—Escuche, superintendente...

—Mr. Strange, ¿podríamos hablar unas palabras en privado? —interrumpió Battle con expresión grave.

—Por supuesto. Vengan a la biblioteca.

Él tomó la delantera y los dos policías le siguieron.

En cuanto la puerta de la biblioteca se cerró tras ellos, Nevile preguntó indignado:

—¿Qué significa toda esa ridícula historia de los guantes encontrados junto a la ventana de mi esposa?

—Mr. Strange, hemos encontrado algunas cosas muy curiosas en esta casa —respondió Battle con calma.

Nevile arrugó el entrecejo.

—¿Curiosas? ¿Qué quiere decir con eso?

—Se las mostraré.

A una indicación de Battle, Leach salió de la habitación y volvió con un utensilio muy extraño.

—Como puede usted ver, señor —explicó Battle—, se trata de una bola de acero de un guardafuegos antiguo, una bola muy pesada. Parece que le serraron la pala a una raqueta de tenis y atornillaron la bola al mango. —Hizo una pausa—. Creo que no existe la menor duda de que este es el instrumento utilizado para asesinar a lady Tressilian.

—¡Qué espantoso! —exclamó Nevile estremeciéndose—. Pero ¿dónde ha encontrado usted esta..., esta pesadilla?

—La bola había sido limpiada y colocada de nuevo en el guardafuegos. Sin embargo, el asesino no tuvo cuidado de limpiar la rosca. Encontramos en ella restos de sangre. Del mismo modo, el mango y la pala de la raqueta fueron unidos con esparadrapo. Luego la dejaron otra vez en el armario que está debajo de la escalera, donde probablemente habría permanecido inadvertida por completo entre todas las demás, si no hubiéramos estado buscando algo de este tipo.

—Muy inteligente por su parte, superintendente.

—Simple cuestión de rutina.

—Supongo que no había huellas.

—La raqueta en cuestión, a juzgar por su peso, supongo que debe de pertenecer a Mrs. Kay Strange. Ha sido tocada por ella y por usted también, y tiene las huellas de los dos. Pero hay también señales inequívocas de que alguien que llevaba guantes la ha cogido con posterioridad. Solo había otra huella, dejada inadvertidamente, creo. Estaba en el esparadrapo utilizado para unir de nuevo la raqueta. Por el momento, no voy a decirle a quién pertenece esa huella. Tengo que mencionar otros puntos.

Battle hizo una pausa y continuó:

—Quiero que se prepare para recibir una fuerte impresión, Mr. Strange. Pero antes quiero hacerle una pregunta. ¿Está completamente seguro de que la idea de reunirse aquí fue suya y no se la insinuó a usted Mrs. Audrey Strange?

—Audrey no hizo eso. Audrey...

La puerta se abrió y entró Thomas Royde.

—Siento interrumpirlos —dijo—, pero me ha parecido que me gustaría estar presente en esto.

Nevile volvió hacia él su rostro macilento.

—Perdona, Thomas, esto es privado...

—No me importa que sea privado. Desde fuera he oído un nombre. —Hizo una pausa—. El nombre de Audrey.

—¿Y qué diablos tiene que ver contigo el nombre de Audrey? —preguntó Nevile furioso.

—Bueno, si vamos a eso, ¿qué tiene que ver contigo? No le he dicho a Audrey nada concreto, pero he venido aquí con la intención de pedirle que se case conmigo, y creo que ella lo sabe. Es más, estoy decidido a casarme con ella.

El superintendente Battle tosió. Nevile se volvió hacia él, sobresaltado.

—Perdone, superintendente. Esta interrupción...

—A mí no me importa, Mr. Strange. Tengo que hacerle otra pregunta. El traje azul oscuro que llevaba usted puesto para la cena la noche del crimen tenía cabellos rubios en el interior del cuello y en los hombros. ¿Sabe usted cómo llegaron allí?

—Supongo que serán míos.

—Oh, no, no son suyos, señor. Son cabellos femeninos, y en la manga hay uno rojo.

—Supongo que ese será de mi esposa, de Kay. Los otros, ¿está usted insinuando acaso que son de Audrey? Es muy probable. Recuerdo que una noche en la terraza se me enganchó uno de los gemelos de la camisa en su pelo.

—En tal caso —murmuró el inspector Leach—, los cabellos rubios estarían en el puño.

—¿Qué está usted insinuando? —gritó Nevile.

—Hay también huellas de polvos en el interior del cuello de la chaqueta —dijo Battle—. Primavera Natural N.º 1, unos polvos de un perfume muy agradable y caro. Pero no servirá de nada que me diga que los usa usted, Mr. Strange, porque no lo creería. Y Mrs. Kay Strange usa Beso de Orquídea. En cambio, Mrs. Audrey Strange usa Primavera Natural N.º 1.

—¿Qué está usted insinuando? —repitió Nevile.

Battle se inclinó hacia él.

—Estoy insinuando que, en cierta ocasión, Mrs. Audrey Strange se puso esa chaqueta. Solo de ese modo se explica que el cabello y los polvos pudieran llegar allí. ¿Y ha visto usted el guante que les he mostrado antes? Es suyo, sin ninguna duda. Aquel era el derecho, este es el izquierdo.

Lo sacó de su bolsillo y lo puso sobre la mesa. Estaba arrugado y presentaba unas manchas oscuras.

Nevile dijo con una voz en la que había una nota de miedo:

—¿De qué son esas manchas?

—De sangre, Mr. Strange —contestó Battle con firmeza—. Y observe que es el guante izquierdo. Ahora bien, Mrs. Audrey Strange es zurda. Lo noté enseguida cuando la vi con la taza de café en la mano derecha y el cigarrillo en la izquierda. Y la bandeja de las plumas del escritorio estaba también en el lado izquierdo. Todo encaja. La bola de su chimenea, los guantes arrojados por su ventana, el cabello y los polvos en la chaqueta... Lady Tressilian fue golpeada en la sien derecha, pero la posición de la cama no hubiera permitido a nadie colocarse del otro lado. De aquí resulta que golpear a lady Tressilian con la mano derecha hubiera sido muy difícil en esa postura, pero para una persona zurda habría sido el modo normal de hacerlo...

Nevile se rio con desprecio.

—¿Está usted insinuando que Audrey..., Audrey sería capaz de hacer todos esos complicados preparativos y golpear a una anciana a quien conocía desde hacía años para conseguir su dinero?

Battle meneó la cabeza.

—No estoy insinuando nada de eso. Lo siento, Mr. Strange, pero tiene que comprender la situación. Este crimen, de principio a fin, ha sido preparado contra usted. Desde que usted la dejó, Audrey Strange ha estado rumiando sus posibilidades de revancha. Incluso ha llegado a padecer un desequilibrio mental. Puede que su mente nunca haya sido muy fuerte. Pensó quizá en matarle, pero eso no era suficiente. Finalmente pensó en conseguir que fuera usted ahorcado por asesinato. Escogió una noche en que sabía que usted y lady Tressilian se habían peleado. Cogió su chaqueta del dormitorio y la llevó puesta para golpear a la anciana, para que se manchara de sangre. Puso en el suelo el palo de golf, sabiendo que encontraríamos en él las huellas de usted, y manchó con sangre y cabellos el mango del palo. Fue Audrey quien le metió a usted en la cabeza la idea de venir aquí al mismo tiempo que ella. Y lo que le salvó fue lo único con lo que no podía contar: el hecho de que lady Tressilian llamara a Barrett y Barrett le viera a usted salir de casa.

Nevile había escondido el rostro entre las manos.

—No es cierto. ¡No es cierto! —gimió—. ¡Audrey no ha tenido nunca el menor resentimiento contra mí! Están equivocados. Es la criatura más recta, más leal, incapaz de un sentimiento mezquino...

Battle suspiró.

—No voy a discutir con usted, Mr. Strange. Solo quería prepararle. Haré a Mrs. Strange las recomendaciones de rigor y le pediré que me acompañe. Tengo la orden de arresto. Será mejor que se ocupe de conseguir un abogado.

—Es ridículo. Completamente ridículo.

—El amor se convierte en odio mucho más fácilmente de lo que usted cree, Mr. Strange.

—Le digo que no es cierto, es ridículo.

Thomas Royde intervino entonces, con voz tranquila y agradable.

—Deja de repetir que es ridículo, Nevile. Serénate. ¿No comprendes que lo único que puede ayudar ahora a Audrey es que abandones todas tus ideas sobre caballerosidad y digas la verdad?

—¿La verdad? ¿Quieres decir...?

—Quiero decir la verdad sobre Audrey y Adrian.

Royde se volvió a los policías.

—Mire, superintendente, los hechos que usted conoce no son ciertos. Nevile no dejó a Audrey. Fue ella quien lo dejó a él. Se escapó con mi hermano Adrian. Entonces Adrian se mató en un accidente de coche. Nevile se portó como un verdadero caballero con Audrey. Arregló las cosas de modo que ella se divorciara de él, cargando Nevile con toda la culpa.

—No quería arrastrar su nombre por el fango —farfulló este, sombrío—. No sabía que lo supiera nadie.

—Adrian me lo escribió todo, un poco antes de morir —explicó Thomas brevemente. Y continuó—: Como puede usted ver, superintendente, esto destruye su motivo. Audrey no tiene por qué odiar a Nevile. Al contrario, solo tiene motivos para estarle agradecida. Él trató de conseguir que aceptara una pensión, pero ella no consintió en ello. Naturalmente, cuando él le pidió que viniera a conocer a Kay, le pareció que no podía negarse.

—Y ya lo ve —intervino Nevile con ansiedad—. Esto demuestra que no tiene ningún motivo. Thomas tiene razón.

El rostro de Battle estaba impasible.

—El motivo no lo es todo —afirmó—. Puede que me haya equivocado en eso. Pero los hechos son otra cosa. Y todos los hechos demuestran que ella es culpable.

Nevile dijo con intención:

—Hace dos días, todos los hechos demostraban que yo era el culpable.

Battle pareció un tanto cogido por sorpresa ante la contradicción.

—Eso es cierto. Pero mire bien, Mr. Strange, lo que me pide que yo crea. Me pide que crea que hay alguien que los odia a ustedes dos, alguien que, si fallaba la conspiración contra usted, tendría preparada otra contra Audrey Strange. ¿Se le ocurre alguien, Mr. Strange, que los odie a los dos, a usted y a su primera esposa?

Nevile había escondido de nuevo la cabeza entre las manos.

—Lo ha dicho usted de una forma que parece totalmente fantástica.

—Porque es fantástica. Yo tengo que guiarme por los hechos. Si Mrs. Strange puede dar alguna explicación...

—¿Podría yo darles alguna explicación? —preguntó Nevile.

—No insista, Mr. Strange. Tengo que cumplir con mi deber.

Battle se levantó bruscamente. Él y Leach salieron primero de la habitación. Nevile y Royde salieron poco después.

Los policías cruzaron el vestíbulo y entraron en el salón. Allí se detuvieron.

Audrey Strange se puso de pie y salió a su encuentro. Miró directamente a Battle, con los labios entreabiertos en algo muy semejante a una sonrisa.

—Me buscan ustedes, ¿verdad? —dijo muy suave.

Battle adoptó un tono muy oficial.

—Mrs. Strange, tengo aquí una orden de arresto contra usted por el asesinato de Camilla Tressilian el pasado lunes, doce de septiembre. Es mi deber advertirle de que todo cuanto diga será tomado por escrito y podrá servir de prueba contra usted en el juicio.

Audrey suspiró. Su rostro de facciones regulares estaba sereno y puro como un blanco camafeo.

—Es casi un alivio. Me alegro de que... se haya acabado todo.

Nevile se precipitó hacia ella.

—Audrey, no digas nada, no hables.

Ella sonrió.

—Pero ¿por qué no, Nevile? Todo es verdad, y estoy tan cansada...

Leach dejó escapar un profundo suspiro. Bueno, ya estaba. Desde luego, estaba loca de remate, aunque evitaría muchas preocupaciones. Se preguntó qué le ocurriría a su tío. El pobre tenía la expresión del que acaba de ver un fantasma. Observaba a la pobre demente como si no pudiera creer lo que veían sus ojos. Había sido un caso interesante, se dijo Leach, satisfecho.

Y entonces, como un anticlímax, casi grotesco, Hurstall abrió la puerta del salón y anunció:

—Mr. MacWhirter.

MacWhirter entró con determinación y se dirigió directamente a Battle.

—¿Es usted el policía que se ocupa del caso Tressilian?

—Sí, soy yo.

—Entonces tengo que hacerle una declaración importante. Siento no haberme presentado antes, pero hasta ahora no he visto clara la importancia de algo que vi por casualidad la noche del lunes pasado.

Echó una rápida ojeada alrededor de la habitación.

—¿Puedo hablar con usted en privado?

Battle se movió hacia Leach.

—Quédate aquí con Mrs. Strange.

Leach respondió en tono oficial:

—Sí, señor.

Luego se inclinó hacia su tío y murmuró algo a su oído. Battle se volvió hacia MacWhirter.

—Venga por aquí.

Lo condujo a la biblioteca.

—Bueno, diga, ¿de qué se trata? Mi colega acaba de decirme que lo había visto a usted antes, el invierno pasado...

—Muy cierto —confirmó MacWhirter—. Suicidio frustrado. Eso forma parte de mi historia.

—Continúe, Mr. MacWhirter.

—El pasado mes de enero intenté suicidarme arrojándome desde Stark Head. Este año se me ocurrió la idea de volver al mismo sitio. El lunes por la noche subí allí y me quedé durante algún tiempo. Bajé la vista hacia el mar, luego hacia Easterhead y, por último, me volví a mirar a mi izquierda. Es decir, miré hacia esta casa. Pude verla con toda claridad a la luz de la luna.

—Sí.

—Hasta hoy no había caído en la cuenta de que aquella fue la noche en que se cometió el asesinato.

MacWhirter se inclinó hacia Battle.

—Voy a decirle lo que vi.

XVI

En realidad Battle estuvo ausente del salón rojo unos cinco minutos, pero a las personas allí reunidas les pareció mucho más tiempo.

Kay había perdido de pronto todo dominio de sí misma.

—Sabía que habías sido tú —le gritó a Audrey—. Lo supe desde el principio. Sabía que tramabas algo...

Mary Aldin se apresuró a intervenir:

—¡Por favor, Kay!

—¡Cállate, Kay, por amor de Dios! —le ordenó Nevile.

Ted Latimer se acercó a Kay, que empezó a llorar.

—Tranquilízate —le rogó con voz dulce.

—Parece que no te das cuenta de que Kay ha tenido que soportar una tensión muy fuerte. ¿Por qué no te ocupas un poco de ella, Strange?

—Estoy bien —afirmó Kay.

—Te apartaré de todos ellos —dijo Ted.

El inspector Leach se aclaró la garganta. En momentos como este, sabía por experiencia que se decían muchas indiscreciones. Lo malo era que después solían recordarse.

Battle volvió al salón. Su rostro no mostraba la menor expresión.

—¿Quiere usted recoger un par de cosas, Mrs. Strange? Lo siento, pero el inspector Leach tendrá que acompañarla arriba.

—Yo voy también —se ofreció Mary.

Cuando las dos mujeres salieron del salón en compañía del inspector, Nevile preguntó con ansiedad:

—Bueno, ¿qué quería aquel tipo?

—Mr. MacWhirter cuenta una historia verdaderamente extraña —respondió Battle con voz pausada.

—¿Favorece a Audrey? ¿Sigue usted decidido a arrestarla?

—Ya se lo he dicho, Mr. Strange. Tengo que cumplir con mi deber.

Nevile se volvió para marcharse. La expresión de ansiedad se borró de su rostro.

—Supongo que será mejor que telefonee a Trelawny —dijo.

—No es necesario apresurarse tanto, Mr. Strange. Primero quiero hacer cierto experimento, como resultado de la declaración de Mr. MacWhirter. Pero antes voy a ocuparme de que se marche Mrs. Strange.

Audrey bajaba las escaleras con el inspector a su lado. Su rostro tenía todavía aquella serenidad lejana.

Nevile se acercó a ella con las manos extendidas.

—Audrey...

Su mirada inexpresiva resbaló sobre él.

—No te preocupes, Nevile. No me importa. Nada me importa.

Thomas Royde permanecía junto a la puerta principal, como si quisiera cerrarle el paso.

Una sonrisa muy pálida asomó a los labios de Audrey.

—El fiel Thomas... —murmuró.

—Si puedo hacer algo por ti... —farfulló él.

—Nadie puede hacer nada —replicó Audrey.

Salió con la cabeza alta. Un coche de la policía, dentro del cual se hallaba el sargento Jones, esperaba fuera. Audrey y Leach subieron a él.

Ted Latimer murmuró con admiración:

—Ha sido un mutis precioso.

Nevile se volvió hacia él, furioso. El superintendente Battle se interpuso con habilidad y alzó su voz apaciguadora.

—Según he dicho, tengo que hacer un experimento. Mr. MacWhirter está esperando en el transbordador. Nos reuniremos con él dentro de diez minutos. Vamos a salir en una motora, así que será mejor que las señoras se abriguen. Por favor, tienen ustedes diez minutos.

Parecía un director teatral ordenando a sus actores salir a escena. No hizo el menor caso del asombro de todos.

Capítulo 4
Hora cero

I

En el agua hacía mucho frío y Kay se arrebujó en la chaqueta de piel.

La lancha motora bajó por el río más allá de Gull's Point y luego giró hacia la pequeña bahía que separaba Gull's Point del promontorio sombrío de Stark Head.

Una o dos veces alguien estuvo a punto de hacer alguna pregunta, pero en cada ocasión el superintendente Battle alzó una de sus manazas, como un anuncio de que todavía no había llegado el momento. En consecuencia nada rompía el silencio, salvo el ruido del agua que iban dejando atrás. Kay y Ted estaban juntos, mirando el agua. Nevile se dejó caer pesadamente, con las piernas estiradas. Mary Aldin y Thomas Royde iban en la proa. Y todos y cada uno miraban de cuando en cuando con curiosidad hacia la alta figura de MacWhirter, sentado junto al timón, en actitud distante. Él no los miraba, sino que permanecía con la espalda vuelta hacia ellos y los hombros encorvados.

Hasta que se hallaron bajo la sombra ceñuda de Stark Head, Battle no paró el motor y entonces empezó su discurso.

Habló sin presunción y en un tono de voz más reflexivo que otra cosa.

—Este ha sido un caso muy extraño, uno de los más extraños que he conocido, y me gustaría decir algo sobre el tema del asesinato en general. Lo que van a escuchar no es original, en realidad se lo oí comentar al joven Mr. Daniels, el consejero del Reino, y no me sorprendería que él se lo hubiera oído a otra persona. Tiene una habilidad especial para eso.

»Se trata de lo siguiente: cuando se lee el relato de un asesinato o una novela basada en un asesinato, puede empezarse por el asesinato mismo. Pero no debe ser así. El asesinato comienza mucho antes. Un asesinato es la culminación de una serie de circunstancias diversas, que convergen en un momento determinado en determinado lugar. Las personas son llevadas allí desde diferentes países del mundo y por razones imprevistas. Mr. Royde está aquí procedente de Malasia. Mr. MacWhirter está aquí porque quiso volver al lugar donde una vez intentó suicidarse. El asesinato en sí es el final de la historia. Es la Hora Cero.

Hizo una pausa.

—Esta es la Hora Cero.

Cinco rostros se volvieron hacia él, solo cinco, porque MacWhirter no volvió la cabeza. Cinco rostros desconcertados.

—¿Quiere usted decir que la muerte de lady Tressilian fue la culminación de una larga serie de circunstancias? —preguntó Mary Aldin.

—No, miss Aldin, no me refiero a la muerte de lady Tressilian. La muerte de lady Tressilian fue solo un incidente dentro del principal objeto del asesinato. Yo estoy hablando del asesinato de Audrey Strange.

Escuchó la profunda inspiración de los presentes. Se preguntó si alguno de ellos sentiría miedo...

—Este asesinato fue planeado hace mucho, probablemente el invierno pasado. Fue planeado hasta el último detalle. Tenía un fin, un solo fin: que Audrey Strange muriera en la horca.

»Fue planeado con gran astucia por alguien que se creyó muy hábil. Los asesinos suelen ser muy vanidosos. Al principio nos encontramos con todas aquellas pruebas contra Nevile Strange, pruebas superficiales y escasamente convincentes, que se suponía desecharíamos al poco tiempo. Pero habiéndonos obsequiado con un conjunto de pruebas falsas, no se consideró probable que creyéramos en una segunda edición de la misma cosa. Y, sin embargo, si se piensa bien, todas las pruebas contra Audrey Strange podían ser falsificadas. El arma, cogida de su chimenea; sus guantes escondidos en la hiedra, junto a la ventana, el izquierdo manchado de sangre; el cuello de la chaqueta manchado con polvos; unos cuantos cabellos suyos en el mismo cuello; una huella dactilar suya, encontrada del modo más natural en un rollo de cinta adhesiva cogido de su habitación. Incluso el hecho de que el golpe hubiera sido dado con la mano izquierda...

»Y por último, la prueba condenatoria de la propia Mrs. Strange. No creo que ninguno de ustedes, excepto el que lo sabe, pueda creer en su inocencia después de haber visto su comportamiento cuando la arrestamos. Prácticamente admitió su culpabilidad, ¿verdad? Yo mismo no habría podido creer en su inocencia de no ser por una experiencia particular que he vivido. Ha sido para mí una impresión terrible verla y oírla, porque... he conocido a otra chica que hizo exactamente lo mismo, que admitió su culpabilidad sin ser culpable. Y Audrey Strange me miraba con los mismos ojos que aquella otra chica.

»Yo sabía que tenía que cumplir con mi deber. Nosotros los policías tenemos que actuar de acuerdo con los hechos, no según lo que sentimos o creemos. Pero les digo que, en aquel momento, rogué que ocurriera un milagro porque comprendí que solo un milagro podría salvar a aquella pobre señora.

»Pues bien, el milagro ha ocurrido. Ocurrió inmediatamente. Mr. MacWhirter, aquí presente, apareció con su historia.

Hizo una pausa.

—Mr. MacWhirter, ¿quiere usted repetir lo que me ha dicho a mí en la casa?

El aludido se volvió. Habló con frases cortas y claras, que resultaron convincentes precisamente por su concisión.

Habló de cómo lo habían rescatado del acantilado el pasado mes de enero y de su deseo de volver a visitar el lugar.

—Subí allí la noche del lunes. Permanecí en aquel lugar sumido en mis pensamientos. Supongo que serían alrededor de las once. Dirigí la vista hacia la casa situada en el promontorio, Gull's Point, como ahora sé que se llama.

Hizo una pausa y luego continuó:

—Una cuerda colgaba de una ventana de aquella casa hasta el mar. Y vi a un hombre que subía por aquella cuerda...

Solo tardaron un minuto en comprender el significado de estas palabras. Mary Aldin exclamó:

—¿De modo que, a fin de cuentas, era un extraño? No tenía ninguna relación con nosotros. Era un ladrón vulgar.

—No corra usted tanto —le advirtió Battle—. Era alguien que había venido del otro lado del río, en efecto, que lo cruzó a nado. Pero alguien de la casa tenía que haber dispuesto la cuerda, por lo tanto, alguno de ustedes tenía que estar implicado.

Y añadió lentamente:

—Sabemos que alguien estaba al otro lado del río aquella noche, alguien a quien no se pudo ver entre las diez y media y las once y cuarto, y que pudo haber hecho a nado el viaje de ida y el de vuelta. Alguien que podía haber tenido un amigo en este lado del río.

Y añadió:

—¿Verdad, Mr. Latimer?

Ted retrocedió un paso.

—¡Pero yo no sé nadar! —gritó con voz aguda—. Todo el mundo sabe que yo no sé nadar. Kay, dile que no sé nadar.

—¡Claro que no sabe nadar! —exclamó Kay sorprendida.

—¿De veras? —preguntó Battle con voz agradable.

Avanzó a lo largo de la lancha, al mismo tiempo que Ted se movía en la otra dirección. Hizo un movimiento torpe y se oyó un chapoteo.

—¡Caramba! —exclamó el superintendente, asustado—. Mr. Latimer se ha caído por la borda.

Su mano se clavó con fuerza en el brazo de Nevile cuando este se disponía a saltar detrás de Latimer.

—No, no, Mr. Strange. No es necesario que se moje usted. Dos de mis hombres están ahí a mano, de pesca en aquel bote.

Atisbó por la borda de la lancha.

—Es muy cierto —comentó interesado—. No sabe nadar. Bueno, todo va bien. Ya lo han cogido. Le pediré mil perdones, pero realmente solo hay un medio de asegurarse de que una persona no sabe nadar, y es arrojarla al agua y observar. Como puede ver, Mr. Strange, me gusta hacer las cosas a conciencia. He tenido que eliminar primero a Mr. Latimer. Mr. Royde tiene un brazo medio inútil y no podía subir por la cuerda.

La voz de Battle adquirió cierto parecido con el ronroneo de un gato.

—Así que, Mr. Strange, esto nos lleva a usted, ¿verdad? Buen atleta, montañero, nadador, etcétera. Usted cogió, en efecto, el transbordador a las diez y media, pero nadie puede jurar haberlo visto en el hotel Easterhead Bay antes de las once y cuarto, a pesar de su historia de que anduvo buscando a Mr. Latimer.

Nevile apartó su brazo. Echó hacia atrás la cabeza y se rio.

—¿Insinúa usted que yo crucé el río a nado y subí por la cuerda...?

—Que había dejado usted colgando de su ventana —dijo Battle.

—¿Que maté a lady Tressilian y nadé de nuevo hasta el otro lado? ¿Por qué iba yo a hacer una cosa tan fantástica? ¿Y fui yo quien preparó todas aquellas pistas contra mí? ¿Yo mismo, supongo?

—Exactamente —señaló Battle—. Y no fue mala idea.

—¿Y por qué iba yo a desear la muerte de lady Tressilian?

—No la deseaba usted —añadió Battle—. Pero sí deseaba ver ahorcada a la mujer que le dejó por otro hombre. Tiene usted la mente un poco desquiciada. Desde que era niño... Por cierto, he hecho averiguaciones sobre aquel antiguo caso del arco y las flechas. Todo el que le injuria a usted tiene que ser castigado, y la muerte no le parece un castigo excesivo. Pero incluso la muerte no era suficiente para Audrey, su Audrey, a quien usted amaba. Ah, sí, la quería usted mucho, antes de que su amor se convirtiera en odio. Tenía que pensar en una muerte especial, una muerte lenta y singular. Y cuando dio con esa clase de muerte, el hecho de que entrañara el asesinato de una mujer que había sido para usted como una madre no le preocupó lo más mínimo...

Nevile dijo con voz suave:

—¡Mentiras! ¡Todo eso son mentiras! Y no estoy loco. No estoy loco.

Battle manifestó con desprecio:

—Le hirió donde más le dolía, ¿no es así?, cuando se marchó y le dejó por otro. Le hirió en su orgullo. ¡Pensar que ella le pisoteaba a usted! Salvó su orgullo fingiendo ante el mundo que usted la había dejado a ella y se casó con una chica que lo quería solo para apoyar esa creencia. Pero en su interior planeaba lo que quería hacer con Audrey. No pudo ocurrírsele nada más terrible que esto, que la ahorcaran. Fue una buena idea. Lástima que no tuviera usted la inteligencia necesaria para llevarla a la práctica con éxito.

Los hombros de Nevile hicieron un movimiento extraño, serpenteante.

Battle continuó:

—Todo aquello del palo de golf fue de lo más infantil. ¡Eran tan toscas las pistas que conducían a usted! Audrey debe de haber comprendido lo que estaba usted tramando. ¡Lo que se habrá reído para sus adentros! ¡Y pensar que yo no sospeché de usted! Ustedes los asesinos son divertidísimos. Fatuos como pavos. Se creen que han sido tan inteligentes, que son tan ingeniosos en recursos, y en realidad son de una inocencia que da pena y quizá risa. A veces incluso lástima.

Nevile lanzó un chillido extraño, su imperturbable semblante se iba descomponiendo.

—Era una idea inteligente. ¡Lo era! Nunca lo hubiera usted adivinado. ¡Nunca! De no ser por ese mequetrefe entrometido, por ese escocés estúpido. Consideré todos los detalles, todos los detalles. No fue culpa mía si salió mal. ¿Cómo iba a saber que Royde estaba enterado de lo de Audrey y Adrian? Audrey, Adrian... ¡Maldita Audrey! Será ahorcada, ¡tienen que ahorcarla! Quiero que muera, que tenga miedo... Que muera..., que muera..., la odio. Les digo que quiero que muera...

La voz aguda de Nevile se extinguió. Se derrumbó y empezó a llorar en silencio.

—¡Dios mío! —exclamó Mary Aldin. Estaba pálida hasta los mismos labios.

Battle dijo suavemente, en voz baja:

—Lo siento, pero he tenido que forzarle... Es que, ¿sabe?, teníamos muy pocas pruebas contra él.

Nevile seguía sollozando. Su voz sonaba como la de un niño:

—Quiero que la ahorquen, quiero que la ahorquen...

Mary Aldin se estremeció y se volvió hacia Thomas Royde.

Él cogió sus manos entre las suyas.

II

—He pasado mucho miedo —dijo Audrey.

Estaban sentados en la terraza; Audrey, cerca del superintendente Battle. Este había reanudado sus vacaciones y estaba en Gull's Point como amigo.

—Mucho miedo... todo el tiempo —repitió Audrey.

Battle asintió.

—Desde el primer momento que la vi, supe que estaba muerta de miedo. Tenía usted esa actitud desvaída y reservada de las personas que tratan de ocultar una emoción muy fuerte. Podía haber sido amor u odio, pero era miedo, ¿verdad?

Ella asintió.

—Empecé a tener miedo de Nevile poco después de casarnos —dijo—. Pero lo horrible del caso es que no sabía por qué. Empecé a creer que estaba loca.

—No era usted la que estaba loca.

—Cuando me casé con él, Nevile me parecía tan sumamente equilibrado y normal, siempre de tan buen humor, tan agradable...

—Es interesante —opinó Battle—. Interpretaba el papel de buen deportista. Por eso podía dominar tan bien sus nervios jugando al tenis. Su papel de buen deportista que sabe perder era para él más importante que ganar los partidos. Pero, naturalmente, eso le hacía estar en tensión. Siempre se está en tensión cuando se interpreta un papel. Y por dentro se fue poniendo peor.

—¡Por dentro! —susurró Audrey, estremeciéndose—.

¡Siempre por dentro! Nada concreto, solo una palabra, una mirada... Y luego me parecía que eran imaginaciones mías... Era algo muy extraño. Y después, como le digo, llegué a creer que era yo la extraña. Y cada vez tenía más miedo, ese miedo irrazonable que le pone a uno enfermo. Me dije a mí misma que estaba volviéndome loca, pero no podía evitarlo. Hubiera hecho cualquier cosa con tal de huir. Y entonces vino Adrian y me dijo que me quería. Creí que sería maravilloso huir con él y él dijo...

Se detuvo.

—¿Sabe usted lo que ocurrió? Salí para encontrarme con Adrian, pero él no salió a mi encuentro, se mató. Me pareció como si Nevile lo hubiera preparado todo, de un modo...

—Puede que lo hiciera —comentó Battle.

Audrey volvió hacia él su rostro sobresaltado.

—¿Lo cree usted así?

—Nunca lo sabremos. Los accidentes de coche pueden ser preparados. Pero no se atormente con esa idea, Mrs. Strange. Lo más probable es que el accidente se produjera por casualidad.

—Me..., me quedé deshecha. Volví a la rectoría, a casa de Adrian. Pensábamos escribirle a su madre, pero puesto que no sabía nada de lo nuestro, preferí no decirle nada para evitarle un disgusto. Y Nevile vino casi de inmediato. Estuvo muy amable, se portó muy bien... Y yo, muerta de miedo durante todo el tiempo que estuve hablando con él. Dijo que nadie tenía por qué saber lo de Adrian, que podría divorciarme de él con las pruebas que él me enviaría y que, más tarde, él volvería a casarse. Me quedé tan agradecida. Yo sabía que Kay le había parecido atractiva y confié en que todo saldría bien y que yo me libraría de aquella extraña obsesión mía. Seguía creyendo que debía de ser yo. Nunca me sentí a salvo. Y entonces me encontré con Nevile en el parque un día y me dijo que tenía tanto interés en que Kay y yo fuéramos amigas, y propuso que viniéramos aquí todos juntos en septiembre. No podía negarme, ¿cómo iba a hacerlo? Después de lo bien que se había portado.

—Sí, la historia de la araña y la mosca —afirmó Battle.

Audrey se estremeció.

—Sí, eso mismo.

—Obró con gran inteligencia a ese respecto —añadió Battle—. Protestó tan enérgicamente ante todos diciendo que la idea había sido suya que todo el mundo, automáticamente, creyó que no lo era.

—Y entonces vine aquí y todo fue como una pesadilla —le explicó Audrey—. Sabía que algo horrible iba a ocurrir, sabía que Nevile se había propuesto que ocurriera y que iba a ocurrirme a mí. Pero no sabía qué era. Creo que estuve a punto de perder la razón de verdad. Estaba absolutamente paralizada por el terror, como en esos sueños en que va a ocurrir algo y uno no puede moverse.

—Siempre he creído —manifestó el superintendente Battle— que me gustaría ver a una serpiente hipnotizar a un pájaro, de modo que no pudiera volar... Pero ya no estoy tan seguro.

—Incluso cuando lady Tressilian fue asesinada —continuó Audrey—, no me di cuenta de lo que significaba. Estaba desconcertada. Ni siquiera sospeché de Nevile. Sabía que no le daba importancia al dinero. Era absurdo que la hubiera matado para heredar cincuenta mil libras. Me puse a pensar una y otra vez en Mr. Treves y en la historia que había contado aquella noche. Ni siquiera entonces la relacioné con Nevile. Treves había mencionado una particularidad física por la cual podría reconocer al niño de otros tiempos. Yo tengo una cicatriz en una oreja, pero no creo que haya aquí otra persona con una señal visible.

—Miss Aldin tiene un mechón de pelo blanco —le explicó Battle—. Thomas Royde tiene rígido el brazo derecho, lo cual no podía haber sido solo por las consecuencias de un terremoto. Mr. Latimer tiene la nuca de una forma bastante extraña. Y Nevile Strange...

—¡No me diga que Nevile tiene una señal personal!

—Sí, sí, la tiene. El dedo meñique de su mano izquierda es más corto que el de la derecha. Eso es muy extraño, Mrs. Strange, verdaderamente extraño.

—¿Así que eso era?

—Eso era.

—¿Y fue Nevile el que colgó el letrero en el ascensor?

—Sí. Fue allí corriendo y volvió mientras Royde y Latimer le ofrecían unas copas al viejo. Una idea hábil y sencilla... Dudo que pudiéramos demostrar nunca que se trató de un asesinato.

Audrey se estremeció de nuevo.

—Vamos, vamos —la tranquilizó Battle—. Ahora todo ha terminado, querida señora. Continúe hablando.

—Es usted muy hábil. Hacía años que no hablaba tanto.

—No, y eso ha sido lo malo. ¿Cuándo vislumbró usted por primera vez el juego de Mr. Nevile?

—No lo sé con exactitud. Lo vi claro de repente. Él había quedado libre de sospechas y quedábamos los demás. Y entonces, de pronto, lo vi mirándome como con regocijo. Y supe la verdad. Fue entonces cuando...

—¿Cuando qué...?

Audrey respondió lentamente:

—Cuando creí que un fin rápido sería... mejor.

El superintendente Battle meneó la cabeza con desaprobación.

—No rendirse nunca. Esa es mi divisa.

—Sí, tiene usted toda la razón. Pero no sabe lo que es estar aterrorizada durante tanto tiempo. La paraliza a una, no se puede pensar, no se pueden hacer planes, se limita una a esperar que algo espantoso ocurra. Y luego, cuando ocurre —se sonrió ligeramente—, no se imagina usted el alivio que supone. Se acabaron la espera y el miedo, ya ha llegado lo que tenía que llegar. Me figuro que creerá que estoy bastante loca si le digo que, cuando vino usted a arrestarme por asesinato, no me importó en absoluto. Nevile había hecho ya todo el daño que podía hacer y todo se había acabado. Me sentí tan segura y tan relajada cuando me marché con el inspector Leach...

—Ese fue uno de los motivos por los que la arrestamos —manifestó Battle—. Quería tenerla a usted lejos del alcance de aquel loco. Y además, para conseguir que se descubriera, ya contaba con el choque de la reacción. Vería cómo su plan se realizaba y así la sacudida sería mucho mayor.

—Si no hubiera confesado, ¿habría habido pruebas contra él? —preguntó Audrey en voz baja.

—No muchas. Teníamos la historia de MacWhirter sobre un hombre que subía por una soga a la luz de la luna. Y teníamos la soga, que confirmaba la historia, enrollada en el desván y todavía algo húmeda. Aquella noche llovía, ¿sabe?

Hizo una pausa y miró fijamente a Audrey, como si esperase que dijera algo. Como ella se limitó a mostrarse interesada, continuó:

—Y el traje a rayas finas. Se desnudó en la oscuridad de ese punto rocoso del lado de la bahía Easterhead y arrojó el traje en una cavidad. Dio la casualidad de que el traje cayó sobre un pez podrido, llevado allí por la marea. Se le manchó el hombro de la chaqueta y olía mal. Según he sabido, hubo ciertas habladurías sobre las cañerías del hotel. El mismo Nevile fue quien hizo circular la historia. Llevaba la gabardina sobre el traje, pero el olor era muy penetrante. Entonces tuvo miedo y, a la primera oportunidad, llevó el traje a la tintorería y, como un estúpido, no dio su propio nombre. Escogió un nombre al azar, un nombre que había visto en el registro del hotel. Así fue como su amigo se hizo con él y, como tiene una buena cabeza sobre los hombros, lo relacionó con el hombre que subía por la cuerda. Uno puede pisar un pez podrido, pero no poner un hombro sobre él, a no ser que se haya quitado la ropa para bañarse por la noche, y nadie hubiera tomado un baño de placer en una noche lluviosa de septiembre. Reconstruyó toda la historia. Muy ingenioso ese Mr. MacWhirter.

—Más que ingenioso —opinó Audrey.

—Hum... Bueno, puede que tenga usted razón. ¿Quiere saber cosas de él? Puedo contarle parte de su historia.

Audrey escuchó con suma atención. Battle encontró en ella una buena oyente.

—Le debo mucho a él —manifestó Audrey—. Y a usted.

—No, a mí no me debe nada —señaló el superintendente Battle—. Si no hubiera sido tan necio, habría visto lo que significaba la campanilla.

—¿Campanilla? ¿Qué campanilla?

—La campanilla de la habitación de lady Tressilian. Siempre he pensado que había algo raro en ella. Estuve muy cerca de la verdad cuando bajaba las escaleras del último piso y vi uno de esos palos con los que se abren las ventanas. Ahí estaba todo el quid de la cuestión de la campanilla: proporcionar a Nevile Strange una coartada. ¡Lady Tressilian no recordaba para qué había llamado porque no había llamado! Nevile hizo sonar la campanilla desde el exterior, desde el pasillo, los hilos van a lo largo del techo. Y Barrett acudió a la llamada y vio a Mr. Nevile Strange bajar las escaleras y salir, y después encontró a lady Tressilian perfectamente. Todo este asunto de la doncella era sospechoso. ¿Por qué dormirla para un asesinato que iba a cometerse antes de la medianoche? Había diez posibilidades contra una de que para entonces no estuviera bien dormida. Pero fija definitivamente el carácter doméstico del asesinato y le deja a Nevile cierto tiempo para que pueda representar su papel de primer sospechoso. Luego Barrett habla y Nevile se ve tan completamente libre de sospechas que nadie va a investigar de cerca la hora exacta de su llegada al hotel. Sabemos que no volvió en el transbordador y ningún bote fue alquilado. Quedaba la posibilidad de nadar. Nada muy bien. Pero aun así debió de andar muy justo de tiempo. Subió a su habitación por la soga que había colgado y dejó en su cuarto un gran charco de agua que algunos vimos, aunque por desgracia no comprendiéramos su significado. Se puso el traje azul y se fue a la habitación de lady Tressilian, no entraremos en detalles sobre esto, donde había dejado dispuesta con anterioridad la bola de acero. Luego se quitó de nuevo el traje, bajó por la cuerda y volvió a Easterhead.

—¿Y si Kay hubiera entrado?

—Apuesto algo a que la había dormido ligeramente. Después de la cena bostezaba mucho, según me han dicho. Además, había tenido buen cuidado de pelearse con ella para que cerrara la puerta y se mantuviera alejada de él.

—Estoy tratando de recordar si noté la falta de la bola del guardafuegos. Creo que no. ¿Cuándo la devolvió a su sitio?

—A la mañana siguiente, cuando se armó todo el jaleo. Después de volver a casa en el coche de Ted Latimer, tuvo toda la noche por delante para borrar sus huellas y disponer las cosas, arreglar la raqueta de tenis, etcétera. Por cierto, golpeó a la anciana con un revés. Por eso parecía que el crimen había sido cometido con la izquierda. El punto fuerte de Strange, recuerde, siempre ha sido el revés.

—¡Por favor! ¡Por favor! —Audrey levantó las manos—. No puedo soportarlo más.

Él le dirigió una sonrisa.

—De todos modos, le ha hecho bien hablar de ello. Mrs. Strange, ¿puede permitirme la impertinencia de darle un consejo?

—Sí, por favor.

—Usted ha vivido durante ocho años con un criminal lunático, eso es suficiente para minar los nervios de cualquier mujer. Pero ahora tiene usted que librarse de esto. Ya no tiene nada que temer, debe convencerse de eso.

Audrey le sonrió. La mirada helada había desaparecido de su rostro, que ahora tenía una expresión dulce, tímida, pero confiada. Sus ojos estaban llenos de gratitud.

Titubeó y dijo:

—Les contó usted a los demás que conoció a una chica que actuaba como yo...

Battle asintió.

—Mi propia hija. Así que ya lo ve usted, querida señora, el milagro tenía que ocurrir. Son cosas que nos envía Dios para probarnos.

III

Angus MacWhirter estaba haciendo su equipaje.

Colocó con todo cuidado tres camisas en la maleta y luego el traje azul oscuro, que no había olvidado en el tinte. Dos trajes a nombre de dos diferentes MacWhirter habían sido demasiado para la encargada.

Llamaron a la puerta y gritó: «¡Adelante!».

Audrey Strange entró en la habitación.

—He venido a darle las gracias —dijo—. ¿Está haciendo el equipaje?

—Sí, me voy esta noche. Y cojo el barco pasado mañana.

—¿Se va a Sudamérica?

—A Chile.

—Déjeme que le haga yo la maleta —dijo ella.

Él protestó, pero Audrey se impuso. MacWhirter la observaba trabajar con habilidad y método.

—Ya está —anunció Audrey cuando hubo terminado.

—Lo ha hecho muy bien —dijo él.

A esto siguió una pausa. Luego Audrey dijo:

—Usted me salvó la vida. Si no hubiera visto usted lo que vio... —Se interrumpió, aunque luego añadió—: ¿Se dio usted cuenta enseguida, aquella noche en el acantilado, cuando..., cuando impidió que me tirara y dijo: «Vuelva a casa que yo me ocuparé de que no la cuelguen», se dio usted cuenta entonces de que estaba en posesión de pruebas importantes?

—No exactamente —contestó MacWhirter—. Tuve que pensar sobre ello.

—Entonces, ¿cómo pudo decir usted lo que dijo?

A MacWhirter siempre le irritaba tener que explicar sus sencillos procesos mentales.

—Quería decir que..., que tenía intención de evitar que la ahorcaran.

Las mejillas de Audrey se colorearon.

—Suponga usted que yo hubiera sido culpable.

—Eso no hubiera alterado nada.

—Entonces, ¿creía usted que era culpable?

—No me paré a pensar mucho en el asunto. Me inclinaba a creer que era usted inocente. Pero, en uno u otro caso, hubiera obrado del mismo modo.

—¿Y entonces recordó usted al hombre de la cuerda?

MacWhirter permaneció en silencio durante unos segundos. Luego se aclaró la garganta.

—Me imagino que puede usted saberlo. Yo no vi a ningún hombre subiendo por la cuerda. Lo cierto es que no podía haberlo visto, puesto que fui a Stark Head el domingo por la noche, no el lunes. Deduje lo que tenía que haber ocurrido por el traje, y mis suposiciones se confirmaron al encontrar una cuerda mojada en el desván.

El rostro de Audrey pasó del rojo al blanco.

—¿Toda su historia era mentira?

—Las deducciones no hubieran tenido valor para la policía. Tenía que decir que había visto lo que ocurrió.

—Pero podría haber tenido usted que jurarlo en el juicio contra mí...

—Sí.

—¿Lo habría hecho usted?

—Sí.

Audrey exclamó, incrédula:

—¿Y usted..., usted es el hombre que perdió su empleo y llegó a tirarse por el acantilado por no falsear la verdad?

—Tengo un inmenso amor a la verdad. Pero he descubierto que hay cosas que importan más.

—¿Como por ejemplo...?

—Usted.

Audrey bajó la mirada. MacWhirter carraspeó confuso.

—No hay necesidad de que se sienta muy agradecida hacia mí, ni nada por el estilo. No volverá usted a saber de mí. La policía tiene la confesión de Strange y no necesita mi declaración. En cualquier caso, he sabido que está tan mal que puede que no viva para llegar al proceso.

—Me alegro —observó Audrey.

—¿Lo amó usted alguna vez?

—Amé al hombre que creía que era.

MacWhirter asintió.

—Sí, puede que todos hayamos sentido lo mismo alguna vez. —Hizo una pausa y continuó—: Todo ha salido bien. El superintendente Battle pudo utilizar mi historia y conseguir que el hombre confesara...

Audrey le interrumpió:

—Se valió de su historia, es cierto, pero no creo que le haya engañado usted. Cerró los ojos a sabiendas.

—¿Por qué dice usted eso?

—Cuando estaba conmigo mencionó que había sido una suerte que usted viera lo que vio a la luz de la luna y añadió algo sobre aquella noche lluviosa.

MacWhirter se quedó desconcertado.

—Es cierto. No creo que el lunes por la noche hubiera podido ver nada en absoluto.

—No importa —comentó Audrey—. Battle comprendió que lo que usted pretendía haber visto era lo que realmente había ocurrido. Y eso explica por qué forzó a Nevile a confesar. Sospechó de Nevile desde que Thomas le dijo lo de Adrian y yo. Vio entonces que, si estaba en lo cierto respecto a la naturaleza del crimen, aunque se hubiera equivocado respecto a la persona, lo que necesitaba era alguna prueba contra Nevile. Necesitaba, según dijo, un milagro. Usted fue la respuesta a la plegaria de Battle.

—Es raro que él dijera eso —dijo MacWhirter secamente.

—Así que ya lo ve, usted fue el milagro. Mi milagro particular.

—No quiero que se sienta usted obligada hacia mí. Saldré de su vida...

—¿Tiene usted que hacerlo? —preguntó Audrey.

Él se la quedó mirando. Una oleada de rubor enrojeció las orejas y las sienes de Audrey.

—¿No me lleva con usted? —inquirió.

—¡No sabe lo que dice!

—Sí, sí lo sé. Estoy haciendo algo muy difícil, pero que tiene para mí más importancia que la vida o la muerte. Sé que hay muy poco tiempo. Por cierto, soy convencional, me gustaría casarme antes de marcharnos.

—Por supuesto —dijo MacWhirter profundamente escandalizado—. No creería usted que yo iba a proponer otra cosa.

—Estoy segura de que no lo haría.

—No soy de su clase. Yo creía que se casaría usted con aquel tipo que la quiere desde hace tiempo.

—¿Thomas? ¡Mi querido y fiel Thomas! Es demasiado leal. Permanece fiel a la imagen de una chica a quien amó hace años. Pero la persona por la que se preocupa realmente es Mary Aldin, aunque ni él mismo lo sabe todavía.

MacWhirter se adelantó un paso hacia ella.

—¿Habla usted en serio? —preguntó con firmeza.

—Sí. Quiero estar siempre con usted, no separarme nunca de usted. Si se marcha, nunca encontraré a nadie como usted y me pasaré sola todos los días de mi vida.

MacWhirter suspiró. Sacó su cartera y examinó con cuidado su contenido.

—Una licencia especial cuesta cara —murmuró—. Tendré que ir al banco mañana a primera hora.

—Puedo prestarle algún dinero —ofreció ella.

—No hará algo así. Si me caso, yo pagaré la licencia, ¿entendido?

—No es necesario que se ponga tan serio —dijo Audrey con suavidad.

Él dijo dulcemente, acercándose a ella:

—La última vez que te tuve en mis brazos parecías un pájaro... luchando por escapar. Ahora ya no te escaparás nunca...

—Nunca querré escapar.

www.coleccionagathachristie.com